A BELA E A FERA

clarice

lispector

A BELA E A FERA

POSFÁCIO DE
CLAUFE RODRIGUES

Rocco

Copyright © 2019 *by* Paulo Gurgel Valente

Texto posfácio de Claufe Rodrigues

Direitos desta edição reservados à
EDITORA ROCCO LTDA.
Rua Evaristo da Veiga, 65 – 11º andar
Passeio Corporate – Torre 1
20031-040 – Rio de Janeiro, RJ
Tel.: (21) 3525-2000 – Fax: (21) 3525-2001
rocco@rocco.com.br | www.rocco.com.br

Printed in Brazil/Impresso no Brasil

Preparação de originais
Pedro Karp Vasquez

Projeto gráfico
Victor Burton e Anderson Junqueira

CIP-Brasil. Catalogação na publicação.
Sindicato Nacional dos Editores de Livros, RJ.

L753b	Lispector, Clarice, 1920-1977
	A bela e a fera / Clarice Lispector.
	– 1. ed. – Rio de Janeiro: Rocco, 2020.
	"Edição comemorativa ampliada com posfácio"
	ISBN 978-85-325-3174-2
	ISBN 978-85-8122-796-2
	1. Contos brasileiros. I. Título.
20-62543	CDD-869.3
	CDU-82-34(81)

Meri Gleice Rodrigues de Souza – Bibliotecária CRB-7/6439

O texto deste livro obedece às normas
do Acordo Ortográfico da Língua Portuguesa.

Impressão e Acabamento Geográfica.

NOTA

Em 1942 escrevi *Perto do coração selvagem,* publicado em 1944. Este livro de contos foi escrito em 1940-1941. Nunca publicado.

CLARICE

A este volume, que antecedeu sua estreia em livro, juntei seus últimos dois contos, "Um dia a menos" e "A bela e a fera ou A ferida grande demais", cujos manuscritos foram ordenados por Olga Borelli.

Como originalmente não havia título para o livro, escolhi eu mesmo *A bela e a fera.*

PAULO GURGEL VALENTE

PRIMEIRA PARTE

História interrompida
11

Gertrudes pede um conselho
18

Obsessão
31

O delírio
66

A fuga
75

Mais dois bêbedos
81

SEGUNDA PARTE

Um dia a menos
91

A bela e a fera ou A ferida grande demais
101

Posfácio
113

PRIMEIRA PARTE

HISTÓRIA INTERROMPIDA

le era triste e alto. Jamais falava comigo que não desse a entender que seu maior defeito consistia na sua tendência para a destruição. E por isso, dizia, alisando os cabelos negros como quem alisa o pelo macio e quente de um gatinho, por isso é que sua vida se resumia num monte de cacos: uns brilhantes, outros baços, uns alegres, outros como um "pedaço de hora perdida", sem significação, uns vermelhos e completos, outros brancos, mas já espedaçados.

Eu, na verdade, não sabia o que retrucar e lamentava não ter um gesto de reserva, como o seu, de alisar o cabelo, para sair da confusão. No entanto, para quem leu um pouco e pensou bastante nas noites de insônia, é relativamente fácil dizer qualquer coisa que pareça profunda. Eu lhe respondia que mesmo destruindo ele construía: pelo menos esse monte de cacos para onde olhar e de que falar. Perfeitamente absurdo. Ele, sem dúvida, também o achava, porque não respondia. Ficava muito triste, a olhar para o chão e a alisar seu gatinho morno.

Assim se passavam as horas. Às vezes eu mandava buscar uma xícara de café, que ele bebia com muito açúcar e gulosamente. E eu pensava um pensamento muito engraçado: é que se achasse que andava a destruir tudo, não teria tanto gosto em beber café e não pediria mais. Uma leve suspeita de que W... era um artista vinha-me à mente. Para desculpá-lo, respondia-me: destrói-se tudo em torno de si, mas a si próprio e aos desejos (nós temos um corpo) não se consegue destruir. Pura desculpa.

Num dia de verão abri a janela de par em par. Pareceu-me que o jardim entrara na sala. Eu tinha vinte e dois anos e sentia a natureza em todas as fibras. Aquele dia estava lindo. Um sol mansinho, como se nascesse naquele instante, cobria as flores e a relva. Eram quatro horas da tarde. Ao redor, o silêncio.

Voltei-me para dentro, amolecida pela calma daqueles momentos. Queria dizer-lhe:

– Parece-me que essa é a primeira das horas, mas que depois dela mais nenhuma se seguirá.

Mentalmente ouvi-o responder:

– Isso é apenas uma tendência sentimental indefinível, misturada à literatura da moda, muito subjetivista. Daí essa confusão de sentimentos, que não tem verdadeiramente um conteúdo próprio, a não ser o seu estado psicológico, muito comum em moças solteiras de sua idade...

Tentei explicar-lhe, combatê-lo... Nenhum argumento. Voltei-me desolada, olhei seu rosto triste e ficamos calados.

Foi então que pensei aquela coisa terrível: "Ou eu o destruo ou ele me destruirá."

Era preciso evitar a todo o custo que aquela tendência analista, que terminava pela redução do mundo a míseros elementos quantitativos, me atingisse. Precisava reagir.

Queria ver se o cinzento de suas palavras conseguia embaçar meus vinte e dois anos e a clara tarde de verão. Decidi-me, disposta a começar no mesmo momento a lutar. Voltei-me para ele, apoiei as mãos no parapeito da janela, entrefechei os olhos e sibilei:

– Essa hora me parece a primeira das horas e também a última!!

Silêncio. Lá fora, a brisa indiferente.

Ele ergueu os olhos para mim, levantou a mão sonolenta e acariciou os cabelos. Depois pôs-se a riscar com a unha os desenhos em xadrez da toalha da mesa.

Fechei os olhos, abandonei os braços ao longo do corpo. Meus lindos e luminosos vinte e dois anos... Mandei vir café e com muito açúcar.

Depois que nos separamos, no fim da estrada, voltei muito devagar para casa, mordendo um capim e chutando todos os seixos brancos do caminho. O sol já se tinha deitado e no céu sem cor já se viam as primeiras estrelas.

Estava com preguiça de chegar em casa: invariavelmente o jantar, o longo serão vazio, um livro, o bordado e, enfim, a cama, o sono. Enveredei pelo atalho mais comprido. A relva crescida era penugenta e quando o vento soprava forte ela me acariciava as pernas.

Mas eu estava inquieta.

Ele era moreno e triste. E sempre andava de escuro. Oh, sem dúvida eu gostava dele. Eu, muito branca e alegre, ao seu lado. Eu, numa roupa florida, cortando rosas, e ele de escuro, não, de branco, lendo um livro. Sim, nós formávamos um belo par. Achei-me fútil, assim, imaginando quadros. Mas justifiquei-me: precisamos contentar a natureza, enfeitá-la. Pois se eu jamais plantaria jasmim junto de girassóis, como ousaria... Bem, bem, o que precisava era de resolver "meu caso".

Durante dois dias pensei sem cessar. Queria achar uma fórmula que mo desse para mim. Queria achar a fórmula que pudesse salvá-lo. Sim, salvá-lo. E essa ideia era-me agradável porque justificaria os meios que empregasse para prendê-lo. Tudo me parecia porém estéril. Ele era um homem difícil, distante, e o pior é que falava francamente de seus pontos fracos: por onde atacá-lo então, se ele se conhecia?

O nascimento de uma ideia é precedido por uma longa gestação, por um processo inconsciente para o gestante. Assim explico a minha falta de apetite no jantar magnífico, minha insônia agitada numa cama de lençóis frescos, após um dia atarefado. Às duas horas da madrugada, enfim, nasceu ela, a ideia.

Sentei-me alvoroçada na cama, pensei: veio depressa demais para ser boa; não se entusiasme; deite-se, feche os olhos e espere que venha a serenidade. Levantei-me porém e, descalça para não acordar Mira, pus-me a andar pelo quarto, como um homem de negócios à espera do resultado da Bolsa. Porém cada vez mais parecia-me que achara a solução.

Com efeito, homens como W... passam a vida à procura da verdade, entram pelos labirintos mais estreitos, ceifam e destroem metade do mundo sob o pretexto de que cortam os erros, mas quando a verdade lhes surge diante dos olhos é sempre inopinadamente. Talvez porque tenham tomado amor à pesquisa, por si mesma, e se tornem como o avarento que acumula, acumula, apenas, esquecido da primitiva finalidade pela qual começou a acumular. O fato é que com W... eu só conseguiria qualquer coisa pondo-o em estado de "shock".

E eis como. Dir-lhe-ia (com o vestido azul que me fazia muito mais loura), a voz suave e firme, fixando-o nos olhos:

– Tenho pensado muito a nosso respeito e resolvi que só nos resta...

Não. Simplesmente.

– Vamos nos casar?

Não, não. Nada de perguntas.

– W..., nós vamos casar.

Sim, eu conhecia os homens. E sobretudo conhecia-o fundamente. Ele não teria o recurso do gesto preferido. E permaneceria estático, atônito. Porque estaria diante da Verdade... Ele gostava de mim e talvez porque só a mim não conseguira destruir com suas análises (eu tinha vinte e dois anos).

Não consegui dormir durante o resto da noite. Estava tão desperta que o ressonar de Mira me enervava, e até a lua, muito redonda, cortada ao meio por um galho de folhas finas, parecia-me defeituosa, com uma inchação do lado e excessivamente artificial. Queria abrir a luz, mas ouvia de antemão as queixas de Mira a mamãe, no dia seguinte.

Levantei-me com a disposição de uma mocinha no dia do seu casamento. Cada ato meu era preparatório, cheio de finalidades, como parte de um ritual. Passei a manhã muito agitada, pensando na decoração do ambiente, na roupa, nas flores, frases e diálogos. Depois disso, como arranjar a voz suave e firme, serena e meiga? A continuar naquela febre, eu correria o risco de receber W... com gritos nervosos: "W... vamos casar imediatamente, imediatamente." Peguei numa folha de papel e enchi-a de alto a baixo: "Eternidade, Vida. Mundo. Deus. Eternidade. Vida. Mundo. Deus. Eternidade..." Essas palavras matavam o sentido de muitos de meus sentimentos e deixavam-me fria por umas semanas, tão minúscula eu me descobria.

Mas na verdade eu não queria ficar fria: desejava viver o momento até esgotá-lo. Precisava apenas conquistar um rosto menos afogueado. Sentei-me para uma longa costura.

A serenidade foi pouco a pouco voltando. E com ela, uma profunda e emocionante certeza de amor. Mas, pensei, não existe mesmo nada, nada, por que eu troque os instantes que vêm! Só duas ou três vezes na vida experimenta-se tal sensação e as palavras esperança, felicidade, saudade, a ela se ligam, descobri. E fechava os olhos e imaginava-o tão vivo que sua presença se tornava quase real: "sentia" suas mãos sobre as minhas e uma ligeira tontura me atordoava. ("Oh, meu Deus, me perdoe, mas a culpa é do verão, a culpa é de ele ser tão bonito e moreno e eu tão loura!")

A ideia de que eu estava sendo feliz me enchia tanto que eu precisava fazer alguma coisa, alguma bondade, para não ficar com remorsos. E se eu desse a golinha de renda a Mira? Sim, o que é uma golinha de renda, embora bonita, diante de... "Eternidade. Vida. Mundo... Amor"?

Mira tem catorze anos e é muito exagerada. Por isso, quando entrou esbaforida no quarto e fechou a porta atrás de si, com grandes gestos, eu disse:

– Beba um copo d'água e depois conta como a gata teve trinta gatinhos e dois cachorrinhos pretos.

– Clarinha disse que ele se matou! Se matou com um tiro na cabeça... É verdade, é? É mentira, não é?

E repentinamente a história se partiu. Nem teve ao menos um fim suave. Terminou com a brusquidão e a falta de lógica de uma bofetada em pleno rosto.

Estou casada e tenho um filho. Não lhe dei o nome de W... E não costumo olhar para trás: tenho em mente ainda o castigo que Deus deu à mulher de Loth. E só escrevi "isso" para ver se conseguia achar uma resposta a perguntas que me torturam, de quando em quando, perturbando minha paz: que sentido teve a passagem de W... pelo mundo? que sentido teve a minha dor? qual o fio que esses fatos a ... "Eternidade. Vida. Mundo. Deus."?

Outubro 1940

GERTRUDES PEDE UM CONSELHO

Sentou-se de modo que seu próprio peso "passasse a ferro" a saia amarrotada. Endireitou os cabelos, a blusa. Agora, só esperar.

Lá fora, tudo muito bom. Podia ver os telhados das casas, as flores vermelhas duma janela, o sol amarelo derramado sobre tudo. Não havia hora melhor que duas da tarde.

Não queria esperar porque ficaria com medo. E assim não daria à doutora a impressão que desejava causar. Não pensar na entrevista, não pensar. Inventar depressa uma história, contar até mil, recordar-se das coisas boas. O pior é que só se lembrava da carta que mandara. "Minha senhora, eu tenho dezessete anos e queria..." Idiota, absolutamente idiota. "Estou cansada de andar de um lado para outro. Às vezes não consigo dormir, mesmo porque minhas irmãs dormem no mesmo quarto e se remexem muito. Mas não consigo dormir porque fico pensando nas coisas. Já resolvi me suicidar, mas não quero mais. A senhora não pode me ajudar? Gertrudes."

E as outras cartas? "Não gosto de nada, sou como os poetas..." Oh, não pensar. Que vergonha! Até que a doutora terminou por lhe escrever, chamando-a para o escritório. Mas, afinal, o que iria dizer? Tudo tão vago. E a doutora riria... Não, não, a doutora, encarregada de menores abandonados, escrevendo conselhos nas revistas, tinha que entender, mesmo sem ela falar.

Hoje ia acontecer alguma coisa! Não pensar 1, 2, 3, 4, 5, 6, 7... Não servia. Era uma vez um rapaz cego que... Cego por quê? Não, ele não era cego. Tinha até a vista muito boa. Agora é que sabia por que Deus, podendo tanto, inventava pessoas aleijadas, cegas, ruins. Só por distração. Enquanto esperava? Não, Deus nunca precisa esperar. Que é que ele faz então? Está aí, mesmo que ainda acreditasse n'Ele (eu não acreditava em Deus, tomava banho bem em cima do almoço, não usava o uniforme do colégio e resolvera fumar), mesmo que ainda acreditasse em fantasmas, não poderia achar graça na eternidade. Se fosse Deus até já teria esquecido de como principiara o mundo. Já há tanto tempo e com séculos à frente... A eternidade não começa, não termina. Sentia uma pequena vertigem, quando procurava imaginá-la, e Deus, sempre em toda a parte, invisível, sem forma definida. Riu, lembrando-se de quando bebia avidamente as histórias que lhe contavam. Tornara-se bem livre... Mas isso não significava estar contente. E era exatamente o que a doutora ia explicar.

De fato, nos últimos tempos, Tuda não passava nada bem. Ora sentia uma inquietação sem nome, ora uma calma exagerada e repentina. Tinha frequentemente vontade de chorar, e o que em geral se reduzia à vontade apenas, como se a crise se completasse no desejo. Uns dias, cheia de tédio, enervada e triste. Outros, lânguida como uma gata, embriagando-se com os menores acontecimentos. Uma folha caindo, um grito de criança, e pensava: mais um momento e não suportarei tanta felicidade. E realmente não a suportava, embora não soubesse propriamente em que consistia essa felicidade. Caía num choro abafado, aliviando-se, com a impressão confusa de que se entregava, a não sei quem e não sei de que forma.

Às lágrimas sucedia-se, acompanhando os olhos inchados, um estado de suave convalescença, de aquiescência a tudo. Surpreendia a todos com sua doçura e transparência e, ainda mais, forçava uma leveza de passarinho. Dava esmolas a todos os pobres, com a graça de quem joga flores.

De outras vezes, enchia-se de força. Seu olhar tornava-se duro como aço, áspero como espinhos. Sentia que "podia". Fora feita para "libertar".

"Libertar" era uma palavra imensa, cheia de mistérios e dores. Como fora amena há dias, quando se destinava a outro papel? Outro, qual? Tudo era confuso e só se exprimia bem na palavra "liberdade" e nos passos pesados e firmes, no rosto fechado que adotava. À noite não dormia até que os galos longínquos começassem a cantar. Não pensava, propriamente. Sonhava acordada. Imaginava um futuro em que, audaciosa e fria, conduziria uma multidão de homens e mulheres, cheios de fé quase a adorá-la. Depois, pelo meio da noite, deslizava para uma meia inconsciência, onde tudo era bom, a multidão já conduzida, uma ausência de aulas, um quarto só seu, muitos homens a amá-la. Acordava amarga, notando com alegria reprimida que não se interessava pelo bolo que as irmãs devoravam animalmente, com irritante despreocupação.

Vivia então os seus dias gloriosos. E chegavam ao auge com algum pensamento que a exaltava e a mergulhava em misticismo ardente: "Entrar para um convento! Salvar os pobres, ser enfermeira!" Imaginava-se já vestindo o hábito negro, o rosto pálido, os olhos piedosos e humildes. As mãos, aquelas mãos implacavelmente coradas e largas, emergindo, brancas e finas, das longas mangas. Ou então, com a touca alva, olheiras cavadas pelas noites não dormidas. Entregando ao médico, silenciosa e rapidamente, os ferros de operar. Ele a miraria com admiração, simpatia mesmo, e quem sabe? Amor até.

Mas, impossível ser grande num ambiente como o seu. Interrompiam-na com as observações mais banais: "Já tomou banho, Tuda?" Ou, senão, o olhar das pessoas de casa. Um olhar simples, distraído, completamente alheio ao nobre fogo que ardia dentro dela. Quem poderia persistir, pensava acabrunhada, junto de tanta vulgaridade?

E além disso, por que não "aconteciam coisas"? Tragédias, belas tragédias...

Até que descobriu a doutora. E antes de conhecê-la, já lhe pertencia. De noite mantinha longas conversas imaginárias com a desconhecida. De dia, escrevia-lhe cartas. Até que foi chamada: viam afinal que ela era alguém, uma extraordinária, uma incompreendida!

Até o dia marcado para a entrevista, Tuda não se sentiu. Viveu numa atmosfera de febre e de ansiedade. Uma aventura. Compreendem bem? Uma aventura.

Não tardaria a entrar no escritório. Vai ser assim: ela é alta, tem os cabelos curtos, olhos fortes, um busto grande. Um pouquinho gorda. Mas ao mesmo tempo parecida com Diana, a Caçadora, da sala de visitas.

Ela sorri. Eu fico séria.

– Boa tarde.

– Boa tarde, minha filha (não seria melhor: boa tarde, irmã? Não, não se usa).

– Vim aqui por excesso de audácia, confiando na bondade e compreensão da senhora. Tenho dezessete anos e acho que já posso começar a viver.

Duvidava que tivesse tanta coragem. E mesmo o que a doutora tinha, afinal, a ver com ela? Mas, não. Aconteceria alguma coisa. Dar-lhe-ia trabalho, por exemplo. Poderia mandá-la viajar para colher dados sobre... sobre a mortalidade infantil, suponhamos, ou sobre os salários dos homens do campo. Ou poderia dizer:

– Gertrudes, você terá papel muito maior na vida. Você fará...

O quê? Afinal o que é grande? Tudo acaba... Não sei, a doutora vai falar.

De repente... O rapazinho coçou a orelha e disse, o ar velho que as pessoas teimavam em emprestar aos fatos excitantes e novos:

– Pode entrar...

Tuda atravessou a sala, sem respirar. E encontrou-se diante da doutora.

Estava sentada junto à mesa, rodeada de livros e papéis. Uma estranha, séria, com uma vida própria, que Tuda não conhecia.

Fingiu arrumar a mesa.

– Então? – disse depois. – Uma menina chamada Gertrudes... – Riu. – Por que é que se lembrou de vir a mim, procurar trabalho? – iniciou, com o tato que lhe valera o lugar de conselheira na revista.

Miúda, cabelos pretos enrolados em dois cachos sobre a nuca. O batom pintado um pouco para fora dos lábios, numa tentativa de sensualidade. O rosto calmo, as mãos irrequietas. Tuda sentiu vontade de fugir.

Há muitos anos saíra de casa.

A doutora falava, falava, a voz levemente rouca, o olhar vago. Sobre diversos assuntos. Os últimos filmes, as jovens modernas, sem orientação, más leituras, sei lá, muitas coisas. Tuda também falava. Deixara de palpitar e a sala, a doutora tomavam aos poucos uma disposição mais compreensível. Tuda contou alguns segredos, sem importância. Sua mãe, por exemplo, não gostava que ela saísse à noite, alegando o sereno. Precisava operar a garganta e vivia sempre resfriada. Mas o pai dizia que há males que vêm para o bem e que as amígdalas eram uma defesa do organismo. E também, o que a natureza criara tinha sua função.

A doutora brincava com o lápis.

– Bem, agora já conheço você mais ou menos. Na sua carta falou num apelido? Tudes, Tuda...

Tuda corou. Então a estranha falou-lhe das cartas. Não podia ouvir bem porque ficou tonta e o coração achou de lhe pulsar exatamente nos ouvidos. "Idade difícil... todos são... quando menos se espera..."

– Essa inquietação, tudo que você sente é mais ou menos normal, vai passar. Você é inteligente e vai compreender o que vou lhe explicar. A puberdade traz distúrbios e...

Não, doutora, que humilhação. Ela já era grande demais para essas coisas, o que sentia era mais belo e mesmo...

– Isto vai passar. Você não precisa trabalhar, nem fazer nada de extraordinário. Se quiser – ia usar seu velho "truc" e sorriu –, se quiser arranje um namorado. Então...

Ela era igual a Amélia, a Lídia, a todo o mundo, a todo o mundo!

A doutora ainda falava, Tuda continuava muda, obstinadamente muda. Uma nuvem tapou o sol e o escritório ficou de repente sombrio e úmido. Daí a um instante o floco de poeiras recomeçou a brilhar e a mover-se.

A conselheira impacientou-se ligeiramente. Estava cansada. Trabalhara tanto...

– Então? Mais alguma coisa? Fale, fale sem medo...

Tuda pensava confusamente: vim perguntar o que faço de mim. Mas não sabia resumir seu estado nessa pergunta. Além disso, receava cometer uma excentricidade e ainda não se habituara consigo mesma.

A doutora inclinara a cabeça para um lado e desenhava pequenos riscos simétricos sobre uma folha de papel. Depois rodeava os riscos com um círculo um pouco torto. Como sempre, não conseguia manter a mesma atitude por muito tempo. Começava a fraquejar e a deixar-se invadir pelos próprios pensamentos. Notou-o, irritou-se e transferiu a irritação para Tuda: "Tanta gente morrendo, tantas 'crianças sem lar', tantos problemas irresolúveis (seus problemas) e aquela guria, com família, boa vida burguesa, a dar-se importância." Vagamente observou que isso contrariava sua tese individualista: "Cada pessoa é um mundo, cada pessoa tem sua própria chave e a dos outros nada resolve; só se olha para o mundo alheio por distração, por interesse, por qualquer outro sentimento que sobrenada e que não é o vital; o 'mal de muitos' é consolo, mas não é solução." Justamente porque observou que se contradizia e porque lhe ocorreu a frase do colega sobre a inconsistência das mulheres e porque achou-a injusta, ainda mais se impacientou, querendo, com raiva de si mesma, como para punir-se, afundar na contradição. Um minuto ainda e diria à menina: por que não visita o cemitério? Vagamente porém notou as unhas sujas de Tuda e refletiu: é muito turbulenta ainda para tirar lições do cemitério. E além disso lembrava-se do seu próprio tempo de unhas sujas e imaginou que desprezo não teria por alguém que então lhe falasse do cemitério como de uma realidade.

De repente, Tuda sentiu que a doutora não gostava dela. E, assim, junto daquela mulher que nada tinha a ver com todas as coisas familiares, naquela sala que nunca vira e que subitamente era "um lugar", pensou estar sonhando. Que viera fazer ali? Perguntou-se assustada. Tudo perdia a realidade em relação à sua mãe, à casa, ao último almoço, tão pacato, e não só a confissão como o inexplicável motivo que a conduzira à doutora, pareceram-lhe mentira, uma monstruosa mentira, que ela inventara gratuitamente, só para se divertir... A prova é que ninguém dela se utilizava, como de uma coisa que existe. Diziam: "o vestido de Tuda, as aulas de Tuda, as amígdalas de Tuda...", mas não diziam: "a infelicidade de Tuda..." Caminhara tão depressa com essa mentira! Agora estava perdida, não podia voltar atrás! Roubara um doce e não queria comê-lo... Mas a doutora a obrigaria a mastigá-lo, a engoli-lo, como castigo... Ah, escapulir do escritório e andar de novo sozinha, sem a compreensão inútil e humilhante da doutora.

– Olhe, Tuda, o que me agradaria dizer-lhe é que você um dia terá o que agora procura tão confusamente. É uma espécie de calma que vem do conhecimento de si própria e dos outros. Mas não se pode apressar a vinda desse estado. Há coisas que só se aprende quando ninguém as ensina. E com a vida é assim. Mesmo há mais beleza em descobri-la sozinha, apesar do sofrimento. – A doutora sentiu um súbito cansaço, tinha a impressão de que a ruga nº 3, do nariz aos lábios, afundara. Aquela menina fazia-lhe mal e ela queria estar de novo só. – Olhe, tenho certeza de que você ainda terá muita felicidade. Os sensíveis são simultaneamente mais infelizes e felizes que outros. Mas dê tempo ao tempo! – Como era vulgar com facilidade, refletiu sem amargura. – Vá vivendo...

Sorriu. E de repente Tuda sentiu aquele rosto entrando bem na sua alma. Não era da boca, nem dos olhos que vinha aquele ar... ar divino. Era como uma sombra terrivelmente simpática, vacilando sobre a doutora. E, no mesmo instante, Tuda soube que não mentira, ah, não! Uma alegria, uma vontade de chorar. Ah, ajoelhar-se diante da doutora, esconder o rosto no seu regaço, gritar: é isso que eu tenho, é isso! Só lágrimas!

A doutora já não sorria. Pensava. Olhando-a, assim, de perfil, Tuda já não a entendia mais. De novo, uma estranha. Buscou-a depressa, à outra, a divina:

– Por que a senhora disse: "o que me agradaria dizer-lhe..."? Então não é a verdade?

A menina era mais perspicaz do que pensara. Não, não era a verdade. A doutora sabia que se pode passar a vida inteira buscando qualquer coisa atrás da neblina, sabia também da perplexidade que traz o conhecimento de si própria e dos outros. Sabia que a beleza de descobrir a vida é pequena para quem procura principalmente a beleza nas coisas. Oh, sabia muito. Mas estava cansada do duelo. O escritório novamente vazio, afundar no divã, fechar as janelas – a repousante escuridão. Pois se aquele era o seu refúgio, apenas dela, onde até ele, com sua enervante e calma aceitação da felicidade, era um intruso!

Olharam-se e Tuda, decepcionada, sentiu que estava em posição superior à da doutora, era mais forte do que ela.

A conselheira não notara que já se havia denunciado com os olhos e emendou, pensativa, a voz arrastada:

– Eu disse isso? Acho que não... (Que deseja afinal essa guria? Quem sou eu para dar conselhos? Por que é que ela não telefonou? Não, melhor que não telefone, estou cansada. Oh, que me deixem, sobretudo isto!)

Novamente tudo flutuando no escritório. Não havia mais o que dizer. Tuda levantou-se, com os olhos úmidos.

– Espere – a doutora pareceu meditar um instante. – Olhe, vamos fazer um contrato? Você continua estudando, sem preocupar-se muito consigo. E quando completar... digamos... vinte anos, sim, vinte anos, você vem cá... – Animou-se sinceramente: simpatizava com a menina, haveria de ajudá-la, dar-lhe talvez um trabalho que a ocupasse e distraísse, enquanto não passasse o período de desadaptação. Era bem viva, inteligente até. – Aceita? Vamos, Tuda, seja uma boa menina e concorde...

Sim, concordava, concordava! Tudo era de novo possível! Ah, só que não poderia falar, dizer quanto concordava, quanto se entregava à doutora. Porque se falasse, poderia chorar, não queria chorar.

– Mas Tuda... – A sombra divina no seu rosto. – Você não precisa chorar... Vamos, prometa que será uma mulherzinha corajosa... – Sim, vou ajudá-la. Mas agora, o divã, isso sim, depressa, mergulhar nele.

Tuda enxugou o rosto com as mãos.

Na rua, tudo era mais fácil, sólido e simples. Caminhara depressa, depressa. Não queria – a desgraça de sempre perceber – lembrar-se do gesto mole e cansado com que a doutora lhe estendera a mão. E mesmo o ligeiro suspiro... Não, não. Que loucura! Mas aos poucos o pensamento instalou-se: fora uma indesejada... Corou.

Entrou numa sorveteria e comprou um sorvete.

Passaram duas mocinhas de uniforme de colégio, conversando e rindo alto. Olharam para Tuda com a animosidade que as pessoas sentem umas pelas outras e que os jovens ainda não disfarçam. Tuda estava sozinha e foi vencida. Pensou, sem ligar o pensamento ao olhar das meninas: que tenho a ver com elas? Quem esteve junto à doutora, falando de coisas misteriosas e profundas? E se elas soubessem da aventura nem entenderiam...

De repente pareceu-lhe que depois de ter vivido aquela tarde, não poderia continuar a mesma, estudando, indo ao cinema, passeando com as amiguinhas, simplesmente... Distanciara-se de todos, mesmo da antiga Tuda... Alguma coisa se desenrolara nela, a sua própria personalidade que se afirmara com a certeza de que no mundo havia correspondência para ela... Surpreendera-se: podia-se então falar no... "naquilo" como de algo palpável, na sua insatisfação que ela escondera com vergonha e medo... Agora... Alguém tocara levemente nas névoas misteriosas de que vivia há algum tempo e de repente elas se solidificavam, formavam um bloco, existiam. Faltara-lhe até o momento quem a reconhecesse, para ela própria reconhecer-se... Transformava-se tudo! Como? Não sabia...

Continuou a andar, os olhos muito abertos, cada vez mais lúcida. Pensava: antes era daquelas que existem, que se movem, casam, têm filhos simplesmente. E d'agora em diante um dos elementos constantes de sua vida seria Tuda, consciente, vigilante, sempre presente...

Seu destino modificara-se, parecia-lhe. Mas como? Oh, não conseguir pensar com clareza e não poderem as palavras conhecidas exprimir o que se sente! Um pouco orgulhosa, deslumbrada, meio decepcionada, repetia-se: vou ter outra vida, diferente da de Amélia, mamãe, papai... Procurava ter uma visão de seu novo futuro e apenas conseguia ver-se andando sozinha sobre largas planícies desconhecidas, os passos resolutos, os olhos dolorosos, caminhando, caminhando... Para onde?

Já não se apressava para casa. Possuía um segredo do qual as pessoas nunca poderiam partilhar. E ela própria, pensou, só participaria da vida comum com algumas partículas de si mesma, algumas apenas, mas não com a nova Tuda, a Tuda de hoje... Estaria sempre à margem?... – Revelações sucediam-se rápidas, acendendo repentinas e iluminando-a como pequenos raio – Isolada...

Sentiu-se subitamente deprimida, sem apoio. Tornara-se de um momento para outro sozinha... Vacilou, desorientada. Onde está mamãe? Não, mamãe não. Ah, voltar para o escritório, procurar o ar divino da doutora, pedir-lhe que ela não a abandonasse, porque tinha medo, medo!

Mas a doutora vivia uma vida própria e – outra revelação – ninguém saía inteiramente para fora de si para ajudar... "Só" volte aos vinte anos... Não empresto o vestido, não empresto coisa alguma, você vive pedindo... E nem era possível ser compreendida! "A puberdade traz distúrbios..." "Essa menina não está passando bem, João, aposto como as amígdalas..."

– Oh, perdão, senhorita... Machuquei-a?

Quase perdeu o equilíbrio com o choque. Ficou um instante atordoada.

– Não enxerga? – O homem tinha dentes brancos, pontudos. – Não há de que... Não foi nada...

O rapaz se afastou, com ligeiro sorriso no rosto redondo.

Abrindo os olhos, Tuda percebeu a rua cheia de sol. A brisa forte arrepiou-a. Que sorriso engraçado, o do homem. Lambeu o finzinho do sorvete e como ninguém reparava comeu a casquinha (os homens de mãos sujas é que fazem as casquinhas, Tuda). Franziu as sobrancelhas. Diabo! (Não diga diabo, Tuda.) Diria o que quisesse, comeria todas as casquinhas do mundo, faria o que bem entendesse.

Lembrou-se subitamente: a doutora... Não... Não. Nem aos vinte anos... Aos vinte anos seria uma mulher caminhando sobre a planície desconhecida... Uma mulher! O poder oculto desta palavra. Porque afinal, pensou, ela... ela existia! Acompanhou o pensamento a sensação de que tinha um corpo seu, o corpo que o homem olhara, uma alma sua, a alma que a doutora tocara. Apertou os lábios com firmeza, cheia de súbita violência:

– Eu lá preciso de doutora! Lá preciso de ninguém!

Continuou a andar, apressada, palpitante, feroz de alegria.

Setembro 1941

OBSESSÃO

gora que já vivi o meu caso, posso rememorá-lo com mais serenidade. Não tentarei fazer-me perdoar. Tentarei não acusar. Aconteceu simplesmente.

Não me recordo com nitidez de seu início. Transformei-me independente de minha consciência e quando abri os olhos o veneno circulava irremediavelmente no meu sangue, já antigo no seu poder.

É necessário contar um pouco sobre mim, antes do meu contato com Daniel. Apenas assim conhecer-se-á o terreno em que suas sementes foram jogadas. Embora não acreditasse que se pudesse compreender inteiramente por que as sementes resultaram em tão tristes frutos.

Sempre fui sossegada e nunca dei provas de possuir os elementos que Daniel desenvolveu em mim. Nasci de criaturas simples, instruídas naquela sabedoria que se adquire pela experiência e se adivinha pelo senso comum. Vivemos, de minha infância até meus catorze anos, numa boa casa de arrabalde, onde eu estudava, brincava e movia-me despreocupadamente sob os olhares benevolentes de meus pais.

Até que um dia em mim descobriram uma mocinha, abaixaram meu vestido, fizeram-me usar novas peças de roupa e consideraram-me quase pronta. Aceitei a descoberta e suas consequências sem grande alvoroço, do mesmo modo distraído como estudava, passeava, lia e vivia.

Mudamo-nos para uma casa mais próxima da cidade, num bairro cujo nome, juntamente com outros detalhes posteriores, silenciarei. Lá eu teria oportunidade de conhecer rapazes e moças, dizia mamãe. Realmente fiz depressa algumas amizades, com minha alegria amena e fácil. Consideravam-me bonitinha, e meu corpo forte, minha pele clara causavam simpatia.

Quanto aos meus sonhos, nessa idade tão cheia deles – os de uma jovem qualquer: casar, ter filhos e, finalmente, ser feliz, desejo que eu não precisava bem e confusamente enquadrava nos fins dos mil romances que lera, sem me contagiar com seu romanticismo. Eu apenas esperava que tudo corresse bem, embora nunca me tomasse de contentamento se assim sucedia.

Aos dezenove anos encontrei Jaime. Casamo-nos e alugamos um apartamento bonito, bem mobiliado. Vivemos seis anos juntos, sem filhos. E eu era feliz. Se alguém me perguntava, eu afirmava, acrescentando não sem um pouco de perplexidade: "E por que não?"

Jaime foi sempre bom para mim. E, seu temperamento pouco ardente, eu o considerava de certo modo um prolongamento de meus pais, de minha casa anterior, onde habituara-me aos privilégios de filha única.

Vivia facilmente. Nunca dedicava um pensamento mais forte a qualquer assunto. E, como a poupar-me ainda mais, não acreditava inteiramente nos livros que lia. Eram feitos apenas para distrair, pensava eu.

Às vezes, melancolia sem causa escurecia-me o rosto, uma saudade morna e incompreensível de épocas nunca vividas me habitava. Nada romântica, afastava-as logo como a um sentimento inútil que não se liga às coisas realmente importantes. Quais? Não as definia bem e englobava-as na expressão ambígua "coisas da vida". Jaime. Eu. Casa. Mamãe.

Por outro lado, as pessoas que me cercavam moviam-se tranquilas, a testa lisa sem preocupações, num círculo onde o hábito há muito alargara caminhos certos, onde os fatos explicavam-se razoavelmente por causas visíveis e os mais extraordinários se ligavam, não por misticismo mas por comodismo, a Deus. Os únicos acontecimentos capazes de perturbar suas almas eram o nascimento, o casamento, a morte e os estados a eles contínuos.

Ou engano-me e, na minha feliz cegueira, não sabia enxergar mais profundamente? Não sei, mas agora parece-me impossível que na zona escura de cada homem, mesmo dos pacíficos, não se aninhe a ameaça de outros homens, mais terríveis e dolorosos.

Se aquela vaga insatisfação vinha me inquietar, eu, sem saber explicá-la e habituada a conferir um nome claro a todas as coisas, não a admitia ou atribuía-a a indisposições físicas. Além disso, a reunião de domingo em casa de meus pais, junto às primas e vizinhos, qualquer bom e animado jogo reconquistavam-me rapidamente e repunham-me na estrada larga, de novo a caminhar entre a multidão dos de olhos fechados.

Noto agora que certa apatia, mais do que paz, acinzentava meus atos e meus desejos. Lembro-me que Jaime dissera uma vez, um pouco emocionado:

– Se nós tivéssemos um filho...

Respondi, desatenta:

– Pra quê?

Denso véu isolava-me do mundo e, sem o saber, um abismo distanciava-me de mim mesma.

E assim continuei até que contraí febre tifoide e quase morri. Minhas duas casas se mobilizaram e num trabalho de noites e dias salvaram-me.

A convalescença veio me encontrar magra e pálida, sem gosto para nada do mundo. Mal me alimentava, irritava-me com simples palavras. Passava o dia recostada sobre o travesseiro, sem pensar, sem me mover, presa por anormal e doce languidez. Não afirmo com segurança que esse estado tenha favorecido uma influência mais fácil de Daniel. Imagino antes que forçava minha fraqueza para conservar as pessoas ao redor de mim, como na fase da doença. Quando Jaime chegava do trabalho, meu ar de fragilidade acentuava-se propositalmente.

Não planejara assustá-lo, mas consegui-o. E um dia, em que eu até já esquecera minha atitude de "convalescente", comunicaram-me que eu passaria dois meses em Belo Horizonte, onde o bom clima e o novo ambiente me fortificariam. Não houve apelação. Jaime para lá me conduziu, num trem noturno. Arranjou-me uma boa pensão e partiu, deixando-me sozinha, sem o que fazer, subitamente lançada numa liberdade que eu não pedira e da qual não sabia me utilizar.

Talvez tenha sido o começo. Fora de minha órbita, longe das coisas como que nascidas comigo, senti-me sem apoio porque afinal nem as noções recebidas haviam criado raízes em mim, tão superficialmente eu vivia. O que até então me sustentara não eram convicções, mas as pessoas que as possuíam. Pela primeira vez davam-me uma oportunidade de *ver* com meus próprios olhos. Pela primeira vez isolavam-me comigo mesma. Pelas cartas que naquela época escrevi e lidas muito depois, observo que um sentimento de mal-estar se apoderara de mim. Em todas elas referia-me à volta, desejando-a com certa ansiedade. Isso, porém, até Daniel.

Não posso, mesmo agora, lembrar-me do rosto de Daniel. Falo daquela sua fisionomia de minhas primeiras impressões, bem diversa do conjunto a que depois me habituei. Só então, infelizmente um pouco tarde, consegui pela convivência compreender e absorver seus traços. Mas eram outros... Do primeiro Daniel nada guardei, senão a marca.

Sei que ele sorria, apenas isso. De quando em quando, surge-me qualquer traço seu, isolado, daqueles anteriores. Seus dedos curvos e compridos, aquelas sobrancelhas afastadas, densas. Mais nada. É que ele me dominava de tal forma que, se assim posso dizer, quase me impedia de vê-lo. Acredito mesmo que minha angústia posterior mais se acentuou com essa impossibilidade de recompor sua imagem. Eu assim apenas possuía suas palavras, a lembrança de sua alma, tudo o que não era humano em Daniel. E nas noites de insônia, sem poder reconstituí-lo mentalmente, já exausta pelas tentativas inúteis, eu o enxergava qual uma sombra, enorme, de contornos móveis, esmagadora e ao mesmo tempo distante como uma ameaça. Como um pintor que para prender a ventania na sua tela inclina a copa das árvores, faz esvoaçar cabeleiras e saias, eu só conseguia relembrá-lo transportando-me a mim mesma, à daquele tempo. Martirizava-me com acusações, desprezava-me e, magoada, partida, fixava-o em mim vivamente.

Mas é necessário começar pelo princípio, pôr um pouco de ordem nesta minha narrativa...

Daniel morava na pensão onde eu me alojara. Nunca se dirigira a mim, nem eu o notara particularmente. Até que um dia ouvi-o falar, caindo subitamente em conversa alheia, embora não abandonando aquele seu ar de distância, como se tivesse emergido de um sono espesso. Sobre o trabalho. Que não deveria constituir senão um meio de matar a fome imediata. E, distraindo-se a escandalizar os circunstantes, acrescentou – a qualquer momento abandonaria o seu, o que já fizera várias vezes, para viver como "um bom vagabundo". Um estudante de óculos, após o primeiro instante de silêncio e de reserva que se formou, retrucou-lhe friamente que antes de tudo trabalhar era um dever. "Um dever para com a sociedade." Daniel teve um gesto qualquer, como se não lhe interessasse convencer, e concedeu-lhe uma frase:

– Já alguém disse que não há fundamento para o dever.

Saiu da sala, deixando o estudante indignado. E a mim, surpresa e divertida: nunca ouvira alguém insurgir-se contra o trabalho, "uma obrigação tão séria". O máximo de revolta de Jaime ou de papai concretizava-se apenas em forma de lamento, sem importância. De um modo geral, eu nunca me lembrara de que se pudesse não aceitar, escolher, revoltar-se... Sobretudo percebera através das palavras de Daniel um descaso pelo estabelecido, pelas "coisas da vida"... E jamais me ocorrera, senão como leve fantasia, desejar que o mundo fosse diferente do que era. Recordei-me de Jaime, sempre elogiado pelo "desempenho de suas funções", como ele contava, e senti-me, sem saber por quê, mais segura.

Depois, quando revi Daniel, formalizei-me numa atitude fria e inútil, uma vez que ele mal me percebia, colocando-me assim ao lado da pensão inteira, a salvo. No entanto, examinando todos por ocasião do jantar, senti vagamente certa vergonha em fazer parte daquele grupo amorfo de homens e mulheres que numa combinação tácita se apoiavam e se esquentavam, unidos contra o que lhes viesse perturbar o conforto. Compreendi que Daniel os desprezava e irritei-me porque também eu era atingida.

Não estava habituada a me demorar muito tempo sobre qualquer pensamento, e um ligeiro mal-estar, como uma impaciência, apoderou-se de mim. Desde então, sem refletir, evitava Daniel. Vendo-o, imperceptivelmente punha-me em guarda, os olhos abertos, vigilantes. Parece-me que eu temia que ele pronunciasse alguma frase daquelas suas, cortantes, porque receava aceitá-las... Forcei minha antipatia, defendendo-me não sei de quê, defendendo papai, mamãe, Jaime e todos os meus. Mas foi em vão. Daniel era o perigo. E para ele eu caminhava.

De outra vez, vagava eu pela pensão vazia, às duas horas de uma tarde chuvosa, até que, ouvindo vozes na sala de espera, para lá me dirigi. Ele conversava com um homem magro, vestido de preto. Os dois fumavam, falando sem pressa, envoltos nos seus pensamentos a tal ponto que nem me viram entrar. Ia retirar-me, mas uma curiosidade súbita me prendeu e conduziu-me a uma poltrona, afastada das que eles ocupavam. Afinal, refleti desculpando-me, a sala pertencia aos hóspedes. Procurei não fazer qualquer ruído.

Nos primeiros momentos, para meu espanto, nada compreendi do que falavam... Gradualmente distingui algumas palavras conhecidas, entre outras que eu jamais ouvira pronunciadas: termos de livros. "A universalidade de...", "o sentido abstrato que...". É preciso saber que eu nunca assistira a palestras onde o assunto não versasse sobre "coisas" e "histórias". Eu mesma, com pouca imaginação e pouca inteligência, não pensava senão de acordo com minha estreita realidade.

Suas palavras deslizavam sobre mim, sem me penetrar. No entanto, adivinhei, singularmente incomodada, elas escondiam uma harmonia própria que eu não conseguia captar... Tentava não me distrair para não perder da conversa mágica.

– As realizações matam o desejo – disse Daniel.

"As realizações matam o desejo, as realizações matam o desejo", repetia-me eu, um pouco deslumbrada. Perdia-me deles e quando voltava a prestar atenção já outra frase misteriosa e brilhante nascera, perturbando-me.

Agora Daniel falava de si mesmo.

– O que me interessava sobretudo é sentir, acumular desejos, encher-me de mim mesmo. A realização abre-me, deixa-me vazio e saciado.

– Não há saciedade – disse o outro, entre as baforadas de seu cigarro. – Há de novo a insatisfação, criando outro desejo que um homem normal procuraria realizar. Você justifica sua inutilidade com uma teoria qualquer. "O que importa é sentir e não fazer..." Desculpa. Você fracassou e só consegue se afirmar por meio da imaginação...

Eu os escutava, estarrecida. Surpreendia-me não só a conversa, como o plano em que ela se apoiava, qualquer coisa longe da verdade de todos os dias, mas misteriosamente melódica, tocando, adivinhava, em outras verdades desconhecidas para mim. E surpreendia-me também vê-los se atacarem com palavras pouco amáveis que ofenderiam qualquer outra pessoa mas que eram por eles recebidas sem atenção, como se... como se não soubessem o que significava "honra", por exemplo.

E, sobretudo, pela primeira vez eu, até então profundamente adormecida, vislumbrava as ideias.

A inquietação que as primeiras conversas com Daniel me produziram nascia como de uma certeza de perigo. Um dia cheguei a explicar-lhe que ao pensamento desse perigo se ligavam expressões lidas em livros com a pouca atenção que eu geralmente concedia a tudo e que agora me luziam na memória: "fruto do mal"... Quando Daniel disse-me que eu falava da Bíblia, tomei-me do terror de Deus, mesclado no entanto a uma curiosidade forte e vergonhosa como a de um vício.

Por isso tudo, a minha história é difícil de ser elucidada, separada em seus elementos. Até onde foi o meu sentimento por Daniel (uso esse termo geral por não saber exatamente qual era o seu conteúdo) e onde começava o meu despertar para o mundo? Tudo se entrelaçou, confundiu-se dentro de mim e eu não saberia precisar se meu desassossego era o desejo de Daniel ou a ânsia de procurar o novo mundo descoberto. Porque despertei simultaneamente mulher e humana.

Talvez Daniel tenha agido apenas como instrumento, talvez meu destino fosse mesmo o que segui, o destino dos soltos na terra, dos que não medem suas ações pelo Bem e pelo Mal, talvez eu, mesmo sem ele, me descobrisse um dia, talvez, mesmo sem ele, fugisse de Jaime e de sua terra. Que sei eu?

Escutei-os, cerca de duas horas. Meus olhos fixos doíam e minhas pernas, na imobilidade, ficaram dormentes. Quando Daniel olhou-me. Disse-me mais tarde que a gargalhada que deu e que tanto me feriu, a ponto de me fazer chorar, fora causada pela exaltação em que se achava há dias e sobretudo pelo meu lamentável aspecto. Minha boca estupidamente aberta, "meus olhos tolos, atestando minha ingenuidade de animal"... Era assim que Daniel falava comigo. Arranhando-me com frases que lhe saíam fáceis e incolores mas que em mim se cravavam, rápidas e agudas, para sempre.

E assim conheci Daniel. Não me recordo dos detalhes que nos aproximaram. Sei apenas que fui eu que o procurei. E sei que Daniel se apoderou progressivamente de mim. Ele me considerava com indiferença e, eu o imaginava, jamais teria se inclinado à minha pessoa se não me achasse curiosa e divertida. Minha atitude de humildade diante dele era o meu agradecimento ao seu favor... Como eu o admirava. Quanto mais sofria o seu desprezo, tanto mais eu o considerava superior, tanto mais o separava dos "outros".

Hoje compreendo-o. Tudo lhe perdoo, tudo perdoo aos que não sabem se prender, aos que se fazem perguntas. Aos que procuram motivos para viver, como se a vida por si mesma não se justificasse.

Conheci mais tarde o verdadeiro Daniel, o doente, o que só existia, embora em perpétuo clarão, dentro de si próprio. Quando se voltava para o mundo, já tateante e apagado, percebia-se sem apoio e, amargo, perplexo, descobria que apenas sabia pensar. Dos que possuem a terra num segundo, os olhos fechados. Aquele seu poder de esgotar as coisas antes de tê-las, aquela sua previsão clara do "depois"... Antes de iniciar o primeiro passo para a ação, já degustava a saturação e a tristeza que seguem as vitórias...

E, como a se compensar dessa impossibilidade de realizar, ele, cuja alma tanto ansiava por se expandir, inventara outro caminho onde sua inatividade coubesse, onde pudesse estender-se e justificar-se. Realizar-se, repetia, eis o mais alto e nobre objetivo humano. Realizar-se seria abandonar a posse e a realização de coisas para possuir-se a si mesmo, desenvolver seus próprios elementos, crescer dentro de seus contornos. Fazer sua música e ele mesmo ouvi-la...

Como se necessitasse de tal programa... Tudo nele atingia naturalmente o máximo, não na objetivação, mas num estado de capacidade, de exaltação de forças, de que ninguém se beneficiava e que era por todos, além dele, ignorado. E esse estado era o seu auge. Assemelhava-se ao que precederia uma realização e ele ardia por alcançá-lo, sentindo-se, quanto mais sofria, mais vivo, mais castigado, quase satisfeito. Era a dor da criação, sem a criação embora.

Porque quando tudo se diluía, apenas na sua memória restava algum vestígio.

Nunca se concedia longo repouso, apesar da esterilidade dessa luta e por mais extenuante que fosse. Em breve de novo girava em torno de si mesmo, farejando seus desejos nascentes, adensando-os até elevá-los a um ponto de crise. Quando o conseguia, vibrava no ódio, na beleza ou no amor, e sentia-se quase pago.

Tudo servia-lhe de partida. Um pássaro que voava, lhe lembrava terras desconhecidas, fazia respirar seu velho sonho de fuga. De pensamento a pensamento, inconscientemente dirigido para o mesmo fim, chegava à noção de sua covardia, revelada não só nesse constante desejo de fugir, de não se unir às coisas para não lutar por elas, como na incapacidade de realizá-lo, já que o concebia, espedaçando sem piedade o humilhante bom senso que lhe prendia o voo. Esse dueto consigo mesmo era o reflexo de sua essência, descobria, e por isso continuaria por toda a sua vida... Daí fácil tornava-se esboçar o futuro, longo, arquejante, trôpego, até o fim implacável – a morte. Só isso e atingira aquilo a que sua tendência o guiava: o sofrimento.

Parece louco. No entanto, também Daniel tinha sua lógica. Sofrer, para ele, o contemplativo, constituía o único meio de viver intensamente... E afinal só por isso ardia Daniel: por viver. Apenas, seus caminhos eram estranhos.

De tal modo entregava-se ao sentimento criado e de tal modo este se tornava forte que ele chegava a esquecer a sua origem provocada e alimentada. Esquecia que ele próprio o forjara, nele se embebia e dele vivia como de uma realidade.

Por vezes a crise, sem nenhuma evasão, tomava aspecto tão dolorosamente denso que ele, nela afundado, esgotando-a, ansiava enfim por se libertar. Criava então, para salvar-se, um desejo oposto que a destruísse. Porque nesses momentos receava a loucura, sentia-se doente, longe de todos os humanos, longe daquele homem ideal que seria um sereno ser animalizado, de uma inteligência fácil e confortável. Desse homem que ele nunca atingiria, a quem não podia deixar de desprezar, com aquela altivez alcançada pelos que sofrem. Desse homem a quem invejava, no entanto. Quando seu padecimento se avolumava demais, lançava os olhos em socorro para esse tipo que, por contraste com sua própria miséria, parecia-lhe belo e perfeito, cheio duma simplicidade que para ele, Daniel, seria heroica.

Cansado da tortura, procurava-o, imitava-o, numa súbita sede de paz. Era sempre esta a força oposta que apresentava a si mesmo quando atingia o extremo doloroso de sua crise. Permitia-se um pouco de equilíbrio como uma trégua, mas que o tédio logo invadia. Até que, na vontade mórbida de novamente sofrer, adensava esse tédio, transformava-o em angústia.

Vivia neste ciclo. Talvez tivesse permitido minha aproximação num desses momentos em que precisava da "força oposta". Eu, parece-me que já o disse, possuía boa aparência de saúde, com meus gestos medidos e meu corpo reto. E, agora sei, tanto procurou me esmagar e humilhar-me, porque me invejava. Desejou acordar-me, porque desejava que também eu sofresse, como um leproso que secretamente ambiciona transmitir sua lepra aos sãos.

No entanto, ingênua, nele me ofuscava exatamente sua tortura. Mesmo o seu egoísmo, mesmo a sua maldade assemelhavam-no a um deus destronado – a um gênio. E além disso, eu já o amava.

Hoje, tenho pena de Daniel. Depois de ter me sentido desamparada, sem saber o que fazer de mim, não desejando continuar o mesmo passado de calma e de morte, e não conseguindo, o hábito do conforto, dominar um futuro diferente – agora percebo quanto Daniel era livre e quanto era infeliz. Pelo seu passado – obscuro, cheio de sonhos frustrados – não conseguira situar-se no mundo conformado, meio a meio feliz, da média. Quanto ao futuro, temia-o demasiado porque conhecia bem seus próprios limites. E porque, apesar de conhecê-los, não se resignara a abandonar aquela ambição enorme, indefinida, que, depois já inumana, dirigia-se para além das coisas da terra. Falhando na realização do que se lhe apresentava aos olhos, voltara-se para o que ninguém, adivinhava-o, poderia realizar.

Estranho que pareça, sofria pelo desconhecido, por aquilo que, "por uma conspiração da natureza", jamais tocaria um instante sequer com os sentidos, "ao menos para saber de sua matéria, de sua cor, de seu sexo". "De sua qualificação no mundo das percepções e das sensações", disse-me uma vez, na minha volta à sua companhia. E o maior mal que Daniel me fez foi despertar em mim mesma esse desejo que em todos nós existe latente. Em alguns acorda e envenena apenas, como no meu caso e no de Daniel. A outros conduz a laboratórios, viagens, experiências absurdas, à aventura. À loucura.

Sei agora qualquer coisa sobre os que procuram sentir para se saberem vivos. Caminhei também nessa viagem perigosa, tão pobre para nossa terrível ansiedade. E quase sempre decepcionante. Aprendi a fazer minha alma vibrar e sei que, enquanto isso, no mais profundo do próprio ser, pode-se permanecer vigilante e frio, apenas observando o espetáculo que a si mesmo se proporcionou. E quantas vezes quase com tédio...

Agora eu o compreenderia. Mas então apenas via o Daniel sem fraquezas, soberano e distante, que me hipnotizava. Pouco sei sobre o amor. Apenas lembro-me que o temia e o procurava.

Fez-me contar minha vida, ao que obedeci, medrosa, rebuscando as palavras para não lhe parecer muito estúpida. Porque ele não hesitava em falar sobre minha falta de inteligência, com as expressões mais cruéis. Contava-lhe, obediente, pequenos fatos passados. Ele ouvia, o cigarro nos lábios, os olhos distraídos. E terminava por dizer, com aquele ar só seu, mistura de desejo contido de rir, de cansaço, de desdém benevolente:

– Muito bem, bastante feliz...

Eu me ruborizava, não sei por que cheia de raiva, ferida. Mas nada lhe retrucava.

Um dia falei-lhe sobre Jaime e ele disse:

– Interessante, muito normal.

Oh, as palavras são comuns, mas o modo pelo qual eram pronunciadas. Revolucionavam-me, envergonhavam-me no que eu tinha de mais oculto.

– Cristina, você sabe que vive?

– Cristina, é bom ser inconsciente?

– Cristina, você nada quer, não é mesmo?

Eu chorava depois, mas voltava a procurá-lo, porque começava a concordar com ele e secretamente esperava que se dignasse iniciar-me no seu mundo. E como sabia humilhar-me. Chegou a estender suas garras a Jaime, a todos os meus amigos, amassando-os como algo desprezível. Não sei o que, desde o início, impediu minha revolta. Não sei. Apenas recordo-me de que para o seu egoísmo era um prazer dominar e que eu fui fácil.

Um dia, vi-o animar-se subitamente, como se a inspiração lhe parecesse a um tempo feliz e cômica:

– Cristina, você quer que eu a acorde?

E, antes que eu pudesse rir, já me observava a balançar com a cabeça, concordando.

Começaram então os passeios estranhos e reveladores, aqueles dias que me marcaram para sempre.

Ele mal concederia olhar-me, fazia-me perceber, se não tivesse resolvido me transformar. Louco quanto pareça, ele repetia várias vezes: queria transformar-me, "soprar no meu corpo um pouco de veneno, do bom e terrível veneno"...

Iniciou-se minha educação.

Ele falava, eu ouvia. Soube de vidas negras e belas, soube do sofrimento e do êxtase dos "privilegiados pela loucura".

– Medite sobre eles, você, com o seu feliz meio-termo.

E eu pensava. Horrorizava-me o mundo novo que a voz persuasiva de Daniel fazia-me vislumbrar, a mim que sempre fora uma quieta ovelha. Horrorizava-me, porém já me atraía com a força aspirante de uma queda...

– Prepare-se para sentir comigo. Ouça esse trecho com a cabeça jogada para trás, os olhos entrefechados, os lábios abertos...

Eu fingia rir, fingia obedecer por brincadeira, como a desculpar-me perante os amigos de outrora. Perante os meus próprios olhos, por admitir tamanho jugo. Nada, porém, era mais sério para mim.

Ele, impassível, retocando-me como para um ritual, insistia, grave:

– Mais langor no olhar... As narinas mais leves, prontas para absorver profundamente...

Eu obedecia. E sobretudo obedecia procurando não descontentá-lo em coisa alguma, entregando-me às suas mãos e pedindo perdão por não lhe dar mais. E porque nada me pedia, nada do que eu não mais hesitaria em lhe oferecer, ainda mais caía na certeza de minha inferioridade e de nossa distância.

– Mais abandono. Deixe que minha voz seja o seu pensamento.

Eu ouvia. "Para os que jazem encarcerados (não apenas nas prisões, interrompia Daniel) as lágrimas formam parte da experiência cotidiana; dia sem lágrimas é dia em que o coração está endurecido, não um dia em que o coração é feliz"... "visto que o segredo da vida é sofrer. Esta verdade está contida em todas as coisas."

E aos poucos, realmente, eu entendia... Aquela voz lenta terminou por arder na minha alma, revolvendo-a profundamente. Caminhara longos anos pelas grutas e de repente descobria a radiosa saída para o mar... Sim, gritei-lhe uma vez mal respirando, *eu sentia*! Ele apenas sorriu, ainda não contente.

No entanto, era a verdade. Eu, tão simples e primitiva, que jamais desejara qualquer coisa com intensidade. Eu, inconsciente e alegre, "porque possuía um corpo alegre"... De repente despertava: que vida escura tivera até então. Agora... Agora eu renascia. Vivamente, na dor, nessa dor que dormia quieta e cega no fundo de mim mesma.

Tornei-me nervosa, agitada, mas inteligente. Os olhos sempre inquietos. Quase não dormia.

Jaime veio me visitar, passar dois dias comigo. Ao receber seu telegrama, empalideci. Andei como tonta, pensando num meio de não deixar Daniel vê-lo. Eu tinha vergonha de Jaime.

Sob o pretexto de que desejava experimentar um hotel, reservei num deles um quarto. Jaime não desconfiou do motivo real, como era de esperar. E isso mais me aproximou de Daniel. Ansiava longinquamente que meu marido reagisse por mim, me retirasse daquelas mãos loucas. Receava não sei o quê.

Foram dois dias horríveis. Odiava-me porque me envergonhava de Jaime e no entanto fazia o possível para com ele esconder-me nos lugares onde Daniel não nos visse...

Quando ele partiu, finalmente, entre aliviada e desamparada, concedi-me uma hora de descanso, antes de voltar para Daniel. Tratava de adiar o perigo, mas nunca me ocorrera fugir.

Confiava em que antes de minha partida Daniel me quisesse.

No entanto, a notícia de que mamãe estava doente veio me chamar para o Rio antes desse dia. Eu devia partir.

Falei com Daniel.

– Mais uma tarde e talvez nunca mais nos vejamos – arrisquei medrosa.

Ele riu baixinho.

– Certamente você voltará.

Tive a nítida impressão de que ele tentava sugerir-me a volta, como uma ordem. Dissera-me um dia: "As almas fracas como você são facilmente levadas a qualquer loucura com um olhar apenas por almas fortes como a minha." No entanto, cega que estava, alegrei-me com este pensamento. E, esquecendo que ele próprio já afirmara sua indiferença por mim, agarrei-me a essa possibilidade: "Se me sugere que eu o procure um dia... não é porque me quer?"

Perguntei-lhe, tentando sorrir:

– Voltar? Por quê?

– Sua educação... Ainda não está completa.

Caí em mim mesma, num desânimo pesado que me deixou lassa e vazia por uns momentos. Sim, era forçoso reconhecer, ele jamais se perturbara sequer com minha presença. Mas, de novo, aquela sua frieza como que me excitava, engrandecia-o aos meus olhos. Numa daquelas exaltações súbitas que haviam se tornado frequentes em mim, desejei ajoelhar-me perto dele, rebaixar-me, adorá-lo. Nunca mais, nunca mais, pensei assustada. Temi não suportar a dor de perdê-lo.

– Daniel – disse-lhe baixo.

Ele ergueu os olhos e, diante de meu rosto angustiado, entrefechou-os, analisando-me, compreendendo-me. Houve um longo minuto de silêncio. Eu esperava e tremia. Sabia que esse instante era o primeiro realmente vivo entre nós, o primeiro que nos ligava diretamente. Aquele momento me separava de súbito de todo o meu passado e numa singular previsão adivinhei que ele se destacaria como um ponto vermelho sobre todo o decorrer de minha vida.

Eu esperava e na expectativa, todos os sentidos aguçados, eu desejaria imobilizar todo o universo, temendo que uma folha se movesse, que alguém nos interrompesse, que minha respiração, um gesto qualquer quebrasse o feitiço do momento, desvanecesse-o e fizesse-nos cair novamente na distância e no vácuo das palavras. O sangue latejava-me surdamente nos pulsos, no peito, na testa. As mãos geladas e úmidas, quase insensíveis. Minha ansiedade deixava-me numa tensão extrema, como pronta para me atirar num sorvedouro, como pronta para enlouquecer. A um pequeno movimento de Daniel, explodi quase num grito, como se ele me tivesse sacudido com violência:

– E se eu voltar?

Recebeu a frase com desagrado, como sempre em que "minha intensidade de animal o chocava". Fixou os olhos em mim e progressivamente seus traços se transformaram. Enrubesci. A constante preocupação de atingir seus pensamentos não me concedera o poder de penetrar nos mais importantes, mas adestrara minha intuição quanto aos menores. Eu sabia que para Daniel se apiedar de mim, eu deveria estar ridícula. Nem a fome nem a miséria de alguém comoviam-no mais do que a falta de estética. Os cabelos soltos, úmidos de suor, caíam-me sobre o rosto afogueado e a dor, a que minha fisionomia, durante longos anos calma, ainda não se habituara, deveria torcer minhas feições, emprestar-lhes alguma nota grotesca. No momento mais grave de minha vida eu estava ridícula, dizia-me o olhar penalizado de Daniel.

Ficou em silêncio. E, como após uma longa explicação, acrescentou, a voz lenta e serena:

– E além disso, você me conhece mais do que seria preciso para viver comigo. Já falei muito. – Pausa. Acendeu o cigarro sem pressa. Olhou-me bem no fundo dos olhos e num meio sorriso concluiu: – Eu a odiaria no dia em que nada mais tivesse a lhe dizer.

Fora já bastante pisada para não me sentir ferida. Era a primeira vez, porém, que ele me recusava claramente, a mim, meu corpo, tudo o que eu possuía e que lhe oferecia de olhos fechados.

Aterrorizada com minhas próprias palavras que me arrastavam independentes de mim, prossegui com humildade, tentando agradá-lo.

– Responderá ao menos às minhas cartas?

Ele teve um imperceptível movimento de impaciência. Mas respondeu-me, a voz controlada, ameneada:

– Não. O que não impede que você me escreva.

Antes de me retirar, beijou-me. Beijou-me nos lábios, sem que minha inquietação se apaziguasse. Porque fazia-o por mim. E o meu desejo era que ele sentisse prazer, que se humanizasse, se humilhasse.

Mamãe curou-se depressa. E eu voltara para Jaime, definitivamente.

Retomei a vida anterior. No entanto, movia-me como uma cega, numa espécie de sonolência que apenas se sacudia de mim enquanto eu escrevia a Daniel. Nunca recebi palavra sua. Nada aguardava mais. E continuava a escrever.

Às vezes meu estado se agravava e cada instante tornava-se doloroso como uma pequena flecha que se cravasse no meu corpo. Pensava em fugir, em correr para Daniel. Caía numa febre de movimentos que em vão procurava disciplinar em trabalhos caseiros para não despertar a atenção de Jaime e da criada.

Seguia-se um estado de lassidão em que sofria menos. Mas, mesmo nesse período, não sossegava inteiramente. Perscrutava-me atenta: "aquilo voltaria?" Referia-me à tortura com palavras vagas, como se deste modo a afastasse.

Em momentos de maior lucidez, lembrava-me de que ele me dissera um dia:

– É preciso saber sentir, mas também saber como deixar de sentir, porque se a experiência é sublime pode tornar-se igualmente perigosa. Aprenda a encantar e a desencantar. Observe, estou lhe ensinando qualquer coisa de precioso: a mágica oposta ao "abre-te, Sésamo". Para que um sentimento perca o perfume e deixe de intoxicar-nos, nada há de melhor que expô-lo ao sol.

Tentara pensar no que acontecera com nitidez e objetividade para reduzir meus sentimentos a um esquema, sem perfume, sem entrelinhas. Vagamente parecia-me uma traição. A Daniel, a mim mesma. Tentara, embora. Simplificando minha história em duas ou três palavras, expondo-a ao sol, parecia-me realmente irrisória, mas não me contagiava a frieza de meus pensamentos e antes imaginava tratar do caso de uma mulher desconhecida com um homem desconhecido. Oh, eles nada tinham a ver com a opressão que me esmagava, com aquela saudade dolorosa que me esgazeava os olhos e atordoava a mente... E mesmo, descobrira, eu temia libertar-me. "Aquilo" crescera demais dentro de mim, deixava-me plena. Ficaria desamparada se me curasse. Afinal, o que era eu agora, sentia, senão um reflexo? Se abolisse Daniel, seria um espelho branco.

Tornara-me vibrátil, estranhamente sensível. Não suportava mais aquelas amenas tardes em família que outrora tanto haviam me distraído.

– Está calor, hein, Cristina? – dizia Jaime.

– Há duas semanas que estou tentando esse ponto e nada consigo – dizia mamãe.

Jaime atalhava, espreguiçando-se:

– Imagine, fazer crochê com um tempo desses.

– O diabo não é fazer crochê, é ficar quebrando a cabeça para arranjar o tal ponto – retrucava papai.

Pausa.

– Mercedes ainda terminará por ficar noiva daquele rapaz – informava mamãe.

– Mesmo feia como é – respondia papai distraído, virando a folha do jornal.

Pausa.

– O chefão resolveu agora usar o sistema de envio da...

Eu disfarçava a angústia e inventava um pretexto para me retirar por uns momentos. No quarto mordia o lenço, sufocando os gritos de desespero que ameaçavam minha garganta. Caía na cama, o rosto afundado no travesseiro, esperando que alguma coisa acontecesse e me salvasse. Começava a odiá-los, a todos. E desejava abandoná-los, fugir daquele sentimento que se desenvolvia a cada minuto, mesclado a uma insuportável piedade deles e de mim mesma. Como se juntos fôssemos vítimas da mesma e irremediável ameaça.

Tentava reconstituir a imagem de Daniel, traço por traço. Parecia-me que se o relembrasse nitidamente teria uma espécie de poder sobre ele. Retinha a respiração, retesava-me, apertava os lábios. Um momento... Um momento mais e tê-lo-ia, gesto por gesto... Sua figura já se formava, nebulosa... E finalmente, pouco a pouco, desolada, eu a percebia desvanecer-se. Tinha a impressão de que Daniel fugia de mim, sorrindo. No entanto, sua presença não me abandonava. Uma vez, estando com Jaime, eu a sentira e me ruborizara. Imaginara-o a olhar-nos, com seu sorriso calmo e irônico:

— Bem, vejamos, um casal feliz...

Estremecera de vergonha, e durante vários dias mal conseguira suportar a sombra de Jaime. Pensava em Daniel, com maior intensidade ainda. Frases suas rodavam dentro de mim em turbilhão. Uma ou outra se destacava e me perseguia horas e horas. "A única atitude digna de um homem é a tristeza, a única atitude digna de um homem é a tristeza, a única..."

Longe dele, começava a compreendê-lo melhor. Lembrava-me de que Daniel não sabia mesmo rir. Às vezes, quando eu dizia qualquer coisa engraçada e se o surpreendia distraído, via seu rosto como que se partir, numa careta que contrariava aquelas rugas nascidas apenas da dor e da meditação. Um ar a um tempo infantil e cínico, indecente quase, como se ele estivesse fazendo algo proibido, como se estivesse enganando, furtando-se a alguém.

Eu não suportava olhá-lo, nesses raros instantes. Abaixava a cabeça, vexada, cheia de uma piedade que me fazia mal. Realmente ele não sabia ser feliz. Talvez nunca lho tivesse ensinado, quem sabe? Sempre tão sozinho, desde a adolescência, tão longe de qualquer gesto amigo. Hoje, sem ódio, sem amor, com indiferença apenas, de quanta bondade eu seria capaz.

Mas naquele tempo... Temia-o? Sentia apenas que se ele surgisse a qualquer momento, um gesto seu faria com que o seguisse para sempre. Sonhava com esse instante, imaginava que, ao seu lado, libertar-me-ia dele. Amor? Desejava acompanhá-lo, para estar do lado mais forte, para que ele me poupasse, como quem se aninha nos braços do inimigo para estar longe de suas flechas. Era diferente de amor, descobria: eu o queria como quem tem sede e deseja a água, sem sentimentos, sem mesmo vontade de felicidade.

Concedia-me às vezes outro sonho, sabendo-o mais impossível ainda: ele me amaria e eu me vingaria, sentindo-me... Não, não superior, mas igual a ele... Porque, se me quisesse, estaria destruída aquela sua poderosa frieza, seu desdém irônico e inabalável que tanto me fascinava. Enquanto isso eu nunca poderia ser feliz. Ele me perseguia.

Oh, sei que me repito, que erro, confundo fatos e pensamentos nesta curta narrativa. No entanto, mesmo assim, com que esforço reúno seus elementos e lanço-os sobre o papel. Já disse que não sou inteligente, nem culta. E sofrer apenas não basta.

Sem falar, os olhos fechados, há qualquer coisa abaixo do meu pensamento, mais profundo e mais forte, que pretende o que se passou e que, em fugidio instante, vejo com nitidez. Mas meu cérebro é fraco e não consigo transformar esse minuto vivo em reflexão.

Tudo é verdade, no entanto. E devo reconhecer outros sentimentos ainda, igualmente verdadeiros. Muitas vezes, nele pensando, numa transição lenta, via-me servindo-o como uma escrava. Sim, admitia, trêmula e assustada: eu, com um passado estável, convencional, nascida na civilização, sentia um prazer doloroso em imaginar-me a seus pés, escrava... Não, não era amor. Horrorizava-me: era o aviltamento, aviltamento... Surpreendia-me a olhar para o espelho buscando no rosto algum novo traço, nascido da dor, de minha vileza, e que pudesse conduzir minha razão aos instintos em tumulto que eu ainda não queria aceitar. Procurava aliviar minha alma, mortificando-me, sussurrando entre os dentes apertados: "Vil... desprezível..." Respondia-me, pusilânime: "Mas, meu deus (letra minúscula, como ele me ensinara), eu não sou culpada, eu não sou culpada..." De quê? Eu não o definia. Qualquer coisa horrível e forte crescia dentro de mim, qualquer coisa que me estarrecia de medo. Era apenas isso o que eu sabia.

E confusamente, diante de sua recordação, encolhia-me, unia-me a Jaime, aconchegando-o a mim, no desejo de proteger-nos, a ambos, contra ele, contra sua força, contra seu sorriso. Porque, sabendo-o longe embora, imaginava-o assistindo meus dias e sorrindo a algum pensamento secreto, daqueles de que eu apenas adivinhava a existência, sem jamais conseguir penetrar o sentido. Procurava, depois de tanto tempo, mais de um ano, como que justificar-me, a Jaime e à nossa vida burguesa, de tal modo ele se apoderara de minha alma. Aquelas longas conversas em que eu apenas ouvia, aquela chama que acendia nos meus olhos, aquele olhar lento, pesado de conhecimento, sob as pálpebras grossas, haviam me fascinado, acordado em mim sentimentos obscuros, o desejo doloroso de me aprofundar em não sei quê, para atingir não sei que coisa... E sobretudo haviam despertado em mim a sensação de que palpitava em meu corpo e em meu espírito uma vida mais profunda e mais intensa do que a que eu vivia.

De noite, sem dormir, como se falasse a alguém invisível, dizia-me baixinho, vencida: "Concordo, concordo que minha vida é confortável e medíocre, concordo, é pequeno tudo que tenho." Sentia-o balançar a cabeça benevolente. "Não posso, não posso!", gritava comigo mesma, abrangendo nesse lamento minha impossibilidade de deixar de querê-lo, de continuar naquele estado, de, principalmente, seguir os caminhos grandiosos que ele começara a mostrar-me e onde eu me perdia, minúscula e desamparada.

Soubera de vidas ardentes, mas voltara à minha própria, banal. Ele me deixara entrever o sublime e exigira que também eu queimasse no fogo sagrado. Eu me debatia, sem forças. Tudo o que aprendera com Daniel fazia-me apenas enxergar a pequenez do meu cotidiano e execrá-lo. Minha educação não terminara, ele bem o dissera.

Sentia-me sem apoio, tentava evadir-me em lágrimas. Porém minha atitude diante do sofrimento era ainda de perplexidade.

Como tive forças para destruir tudo o que eu fora, para ferir Jaime, tornar infelizes papai e mamãe, já velhos e cansados?

No período que antecedeu minha resolução, como nos que precedem a morte, em certas doenças, tive momentos de trégua.

Naquele dia, Dora, uma amiga, viera à minha casa ver se me distraía de uma das dores de cabeça que eu pretextava para abandonar-me livremente à melancolia, sem ser inquietada. Foi uma frase sua, se bem me lembro, que me lançou para Daniel por outros caminhos.

– Meu bem, você precisava ouvir Armando falar sobre música. Você diria que ele fala do prato mais gostoso do mundo ou da mulher mais "não sei quê". Com uma volubilidade, como se mastigasse cada notinha e jogasse fora os ossos...

Pensei em Daniel que, pelo contrário, tudo imaterializava. Mesmo no seu único beijo, eu imaginara recebê-lo sem lábios. Estremeci: não empobrecer sua memória. Mas outro pensamento continuou lúcido e imperturbável: ele dizia que o corpo era um acessório. Não, não. Um dia olhara com repugnância e censura para minha blusa que palpitava depois da corrida para pegar o ônibus. Repugnância, não! Ele me dissera, continuava o outro pensamento frio: "Você come chocolate como se fosse a coisa mais importante do mundo. Você tem um horrível gosto pelas coisas." Ele comia como quem amarrota um pedaço de papel.

Subitamente, tive consciência de que muita gente sorriria de Daniel, com um daqueles sorrisos orgulhosos e ambíguos que os homens votam uns aos outros. Talvez eu mesma o desprezasse se não estivesse doente... A esse pensamento, qualquer coisa revoltou-se dentro de mim, estranhamente: Daniel...

Sentia-me repentinamente exausta, já sem forças para continuar. Quando o telefone tocou. Jaime, pensei. Era como se eu fugisse de Daniel... Ah, um apoio. Atendi, sôfrega.

– Alô, Jaime!

– Como sabias que era eu? – falou sua voz fanhosa e risonha.

Como se me tivessem passado água fresca sobre o rosto. Jaime. Meus nervos se relaxaram. Jaime, tu existes. És real. Tuas mãos são fortes, elas me aceitam. Tu também gostas de chocolate.

– Demoras?

– Não, filha. Telefonei para saber se queres alguma coisa da cidade.

Lutei ainda um instante para não analisar sua frase distraída. Porque ultimamente tudo eu comparava ao que de belo e profundo me dissera Daniel. E apenas sossegava, quando concordava com o Daniel invisível: sim, ele é banal, mediocremente, incrivelmente feliz...

– Não quero nada. Mas vem já, sim? (Já, querido, antes que Daniel venha, antes que eu mude, já!) Alô! Alô! Escuta, se quiseres trazer alguma coisa, compra bombons... chocolate... Sim, sim. Até logo.

Quando Dora se despediu, pus-me diante do espelho e ajeitei-me como há meses não o fazia. Mas a ansiedade tirava-me a paciência, deixava-me os olhos brilhantes, os movimentos rápidos. Seria uma prova, a prova final.

Quando ele apareceu, cessou de súbito minha inquietação. Sim, pensei profundamente aliviada, estava calma, feliz quase: Daniel não surgira. Ele notou-me a mudança no penteado, as unhas. Beijou-me despreocupado. Segurei-lhe as mãos, passei-as pelas minhas faces, pela testa.

– Que tens, Cristina? O que aconteceu?

Não respondi, mas milhares de campainhas se chocaram dentro de mim. Meu pensamento vibrou como um grito agudo: "Só isso, só isso: vou me libertar! Estou livre!"

Sentamo-nos no sofá. E no silêncio da sala, senti a paz. Nada pensava e apoiava-me em Jaime com serenidade.

– Não poderíamos ficar assim a vida inteira?

Ele riu. Alisou minhas mãos.

– Sabes? Gosto mais de ti sem verniz nas unhas...

– Deferido o pedido, meu senhor.

– Mas não foi um pedido: foi uma ordem...

Depois de novo o silêncio, ventando-me os ouvidos, os olhos, tirando-me a força. Estava bom, suavemente bom. Ele passou as mãos pelos meus cabelos.

Então, como se uma lança tivesse me trespassado as costas, entesei-me subitamente no sofá, abri os olhos, fitei-os, dilatados, no ar...

– Que foi? – perguntou-me Jaime inquieto.

Seus cabelos... Sim, sim, pensei com um ligeiro sorriso de triunfo, seus cabelos eram negros... Os olhos... Um momento... Os olhos... pretos também?

Nessa mesma noite, resolvi ir embora.

E de repente, não pensei mais no assunto, despreocupei-me, tornei agradável o serão de Jaime. Deitei-me serena e dormi até o dia seguinte, como não o fizera há muito.

Esperei que Jaime fosse ao trabalho. Mandei a criada para casa, em folga. Arrumei uma pequena mala com o essencial.

Antes de sair, no entanto, evolou-se subitamente minha serenidade. Movimentos inúteis, repetidos, pensamentos rápidos e atropelados. Parecia-me que Daniel estava junto de mim, sua presença quase palpável: "Estes teus olhos desenhados à flor do rosto, com um pincel fino, pouca tinta. Minuciosos, claros, incapazes de fazer bem ou mal..."

Numa inspiração súbita, resolvi deixar um bilhete a Jaime, um bilhete que o ferisse como Daniel o feriria! Que o deixasse perturbado, esmagado. E, apenas com o orgulho de mostrar a Daniel que eu era "forte", sem nenhum remorso, escrevi deliberadamente, tentando fazer-me longínqua e inatingível: "Vou embora. Estou cansada de viver contigo. Se não consegues compreender-me pelo menos confia em mim: digo-te que mereço ser perdoada. Se fosses mais inteligente, eu te diria: não me julgues, não perdoes, ninguém é capaz de fazê-lo. No entanto, para tua paz, perdoa-me."

Tomei silenciosamente meu lugar junto a Daniel.

Gradualmente apoderei-me de sua vida diária, substituí-o, como uma enfermeira, em seus movimentos. Cuidei de seus livros, de suas roupas, tornei mais claro o seu ambiente.

Ele não mo agradecia. Aceitava simplesmente, como aceitara minha companhia.

Quanto a mim, desde o instante em que saltando do trem aproximei-me de Daniel sem ser repelida, minha atitude foi uma só. Nem de contentamento por ele, nem de remorsos por Jaime. Nem propriamente de alívio. Era como se voltasse à minha fonte. Como se anteriormente me tivessem cortado de uma rocha, lançado à vida como mulher e eu depois retornasse à minha verdadeira matriz, como um último suspiro, os olhos fechados, serena, imobilizando-me para a eternidade.

Não refletia sobre a situação, mas quando a analisava alguma vez era sempre do mesmo modo: vivo com ele e é tudo. Permanecia junto do poderoso, do que *sabia*, isso me bastava.

Por que não durou sempre aquela morte ideal? Um pouco de clarividência, em certos momentos, advertia-me de que a paz só poderia ser passageira. Adivinhava que nem sempre me bastaria viver Daniel. E mais afundava na inexistência, concedendo-me tréguas, adiando o momento em que eu própria buscaria a vida, para *descobrir* sozinha, através de meu próprio sofrimento.

Por enquanto assistia-o apenas e repousava.

Os dias correram, os meses tombaram uns sobre os outros.

O hábito instalou-se na minha existência e já guiada por ele é que me ocupava minuto por minuto com Daniel. Já não o ouvia fremente, exaltada, como outrora. Eu nele entrara. Nada mais me surpreendia.

Nunca sorria, desaprendera da alegria. No entanto não me afastaria de sua vida nem para ser feliz. Eu não o era, nem infeliz embora. De tal modo eu me incorporara à situação que dela não mais recebia estímulos e sensações que me permitissem tonalizá-la.

Apenas um receio perturbava minha estranha paz: o de que Daniel me mandasse embora. Às vezes, cosendo silenciosamente suas roupas ao seu lado, pressentia que ele ia falar. Abandonava a costura sobre o regaço, empalidecia e esperava sua ordem:

– Pode ir.

E quando, afinal, ouvia-o dizer-me qualquer coisa ou rir de mim por algum motivo, retomava o pano e continuava o trabalho, os dedos trêmulos por alguns instantes.

O fim, no entanto, estava próximo.

Um dia em que saí cedo, por um acidente numa das estradas, demorei-me demais fora de casa. Quando voltei ao quarto, encontrei-o irritado, os olhos fixos em qualquer ponto, mudo ao meu boa-noite. Ainda não jantara e como eu, cheia de remorsos, lhe pedisse para comer alguma coisa, guardou um longo silêncio proposital e finalmente informou, perscrutando com certo prazer minha inquietação: não almoçara igualmente. Corri a fazer café, enquanto ele conservava o mesmo ar casmurro, um pouco infantil, observando de soslaio meus movimentos apressados ao preparar a mesa.

De repente abri os olhos, espantada. Pela primeira vez descobria que Daniel precisava de mim! Eu me tornara necessária ao tirano... Ele, sabia agora, não me despediria...

Lembro-me de que parei com a cafeteira na mão, desnorteada. Daniel continuava sombrio, numa queixa muda contra meu desleixo involuntário. Sorri, um pouco tímida. Então... ele precisava de mim? Não sentia alegria, mas como um desapontamento: bem, pensei, terminou minha função. Assustei-me àquela reflexão inopinada e involuntária.

Servira já o meu tempo de escrava. Talvez continuasse a sê-lo, sem revolta, até o fim da vida. Mas servia a um deus... E Daniel fraquejara, desencantara-se. Precisava de mim! repeti mil vezes depois, com a sensação de ter recebido um belo e enorme presente, grande demais para meus braços e para meu desejo. E o mais estranho é que acompanhava esta impressão uma outra, absurdamente nova e forte. Estava livre, descobri afinal...

Como entender-me? Por que de início aquela cega integração? E depois, a quase alegria da libertação? De que matéria sou feita onde se entrelaçam mas não se fundem os elementos e a base de mil outras vidas? Sigo todos os caminhos e nenhum deles é ainda o meu. Fui moldada em tantas estátuas e não me imobilizei...

Daí em diante, sem que o deliberasse, descuidei imperceptivelmente de Daniel. E já agora não aceitava seu domínio. Resignava-me apenas.

Para que narrar pequenos fatos que demonstrem minha progressiva caminhada para a intolerância e para o ódio? Sabe-se bem quanto basta para transformar a atmosfera em que vivem duas pessoas. Um pequeno gesto, um sorriso prendem-se como um anzol a um dos sentimentos que repousam enovelados no fundo das águas sossegadas e leva-o à tona, fá-lo gritar acima dos outros.

Continuamos a viver. E agora eu degustava, dia a dia, a princípio mesclado ao sabor do triunfo, o poder de olhar de frente para o ídolo.

Ele percebeu minha transformação e, se de início retraiu-se surpreso com minha coragem, retornou ao jugo antigo com mais violência, pronto a não deixar-me escapar. Encontraria porém minha própria violência. Armamo-nos e éramos duas forças.

Respirávamos mal no quarto. Movíamo-nos como que dentro do perigo, à espera de que ele se concretizasse e nos caísse em cima, pelas costas. Tornamo-nos astuciosos, procurando mil intenções ocultas em cada palavra proferida. Feríamo-nos a cada momento e estabelecemos a vitória e a derrota. Tornei-me cruel. Ele tornou-se fraco, mostrou-se como realmente era. Havia ocasiões em que por um triz não me pedia apoio, confessando o isolamento em que minha libertação o deixara e que, depois de mim, não sabia mais suportar. Eu mesma, num rápido desfalecimento de forças, desejava às vezes estender-lhe a mão. No entanto, avançáramos demasiado longe e, orgulhosos, não poderíamos recuar. Sustentava-nos, agora, a luta. Como uma criança doente, mostrava-se cada vez mais caprichoso. Qualquer palavra minha era o início de ríspida discussão. Descobrimos mais tarde outro recurso ainda: o silêncio. Mal nos falávamos.

E por que então não nos separávamos, uma vez que nenhum laço sério nos prendia? Ele não mo propunha porque se habituara à minha ajuda e igualmente não conseguiria mais viver sem alguém sobre quem exercesse poder, para quem fosse rei, desde que não o era em parte alguma. E talvez mesmo já amasse minha companhia, ele que sempre fora tão solitário. Quanto a mim – sentia prazer em odiá-lo.

Até as novas relações foram invadidas pelo hábito. (Vivi com Daniel perto de dois anos.) Já agora nem mesmo o ódio. Estávamos cansados.

Uma vez, após uma semana de chuva que nos aprisionara durante dias juntos no quarto, esgotando ao limite os nossos nervos – uma vez deu-se a conclusão.

Era um fim de tarde, precocemente sombrio. A chuva gotejava monotonamente lá fora. Pouco faláramos durante o dia. Daniel, o rosto branco sobre a "echarpe" escura do pescoço, olhava pela janela. A água embaciara os vidros; puxou o lenço e, atentamente, como se de súbito o fato crescesse de importância, pôs-se a limpá-los, os movimentos minuciosos e cuidados, traindo o esforço que lhe custava conter o enervamento. Eu o observava, de pé, junto ao sofá. O tique-taque do relógio latejava dentro do quarto, arquejante.

Então, como se continuasse uma discussão, falei para minha própria surpresa:

– Mas isto não pode continuar...

Voltou-se e me deparei com seus olhos frios, talvez curiosos, certamente irônicos. Toda minha raiva se concentrou neste momento e pesou-me no peito como uma pedra.

– De que te ris? Perguntei.

Ele continuou a fitar-me e tornou a limpar os vidros da janela. De repente, lembrou-se e respondeu:

– De ti.

Assustei-me. Como era corajoso. Senti medo da audácia com que me desafiava. Retornei pausadamente:

– Por quê?

Ele inclinou-se um pouco e seus dentes brilharam na meia escuridão. Achei-o terrivelmente belo, sem que me comovesse a descoberta.

– Por quê? Ah, porque... É que tu e eu... indiferentes ou com ódio... Essa discussão que não se liga propriamente a nós, que não nos faz vibrar... Uma desilusão.

– Mas por que de mim, então? – Continuei obstinada. – Não somos dois?

Limpou uma gotinha que escorrera pelo parapeito.

– Não. Estás só. Sempre estiveste só.

Seria apenas um meio de me ferir? Surpreendi-me entretanto, assustei-me como se tivesse sido roubada. Meu Deus, então... nenhum dos dois acreditava mais naquilo que nos prendia?

– Tens medo da verdade? Nem sentimos ódio um pelo outro. Assim seríamos quase felizes. Seres de conteúdo forte. Queres uma prova? Não me matarias, porque depois não sentirias nem prazer nem dor. Apenas isso: pra quê?

Eu não podia deixar de notar a inteligência com que ele penetrava a verdade. Mas como as coisas se precipitaram, como se precipitaram! pensava.

Fez-se silêncio. O relógio bateu seis horas. De novo o silêncio.

Respirei com força, profundamente. Minha voz saiu baixa e pesada:

– Vou embora.

Tivemos os dois um pequeno movimento rápido, como se uma luta devesse começar. Depois encaramo-nos supresos. Estava dito! Estava dito!

Repeti triunfante, trêmula:

– Vou embora, Daniel. – Aproximei-me e sobre a palidez de seu rosto fino, os cabelos pareciam excessivamente negros. – Daniel – sacudi-o pelo braço –, vou embora!

Ele não se moveu. Tive então consciência de que minha mão agarrava seu braço. A minha frase abrira tal distância entre nós que eu não suportava sequer seu contato. Retirei-a com um movimento tão brusco e súbito que o cinzeiro voou longe, espedaçou-se no chão.

Fiquei um tempo olhando os cacos. Levantei depois a cabeça, subitamente serenada. Também ele imobilizara-se, como fascinado pela rapidez da cena, esquecido de qualquer máscara. Encaramo-nos um momento, sem cólera, os olhos desarmados, procurando, cheios agora de curiosidade quase amiga, o fundo de nossas almas, o nosso mistério que deveria ser o mesmo. Desviamos o olhar ao mesmo tempo, perturbados.

– Os encarcerados – disse Daniel tentando emprestar um tom ligeiro e desdenhoso às palavras.

Foi o último instante de simpatia que tivemos juntos.

Houve longuíssima pausa, daquelas que nos mergulham na eternidade. Tudo parara ao redor de nós.

Com um novo suspiro, retornei à vida.

– Vou embora.

Ele não teve um gesto.

Caminhei para a porta e na soleira estaquei novamente. Via-lhe as costas, a cabeça escura erguida, como se ele olhasse para a frente. Repeti, a voz singularmente oca:

– Vou embora, Daniel.

Minha mãe morrera de um ataque de coração, ocasionado pela minha partida. Papai refugiara-se junto ao meu tio, no interior do estado.

Jaime aceitou-me de volta.

Nunca me fez muitas perguntas. Ele desejava sobretudo a paz. Regressamos à antiga vida, embora ele nunca mais se aproximasse inteiramente de mim. Adivinhava-me diferente dele e o meu "deslize" atemorizava-o, fazia-o respeitar-me.

Quanto a mim, continuo.

Já agora sozinha. Para sempre sozinha.

Outubro 1941

O DELÍRIO

O dia está alto e forte quando se levanta. Procura os chinelos embaixo da cama, tateando com os pés, enquanto se aconchega no pijama de flanela. O sol começa a cobrir o guarda-roupa, refletindo no chão o largo quadrado da janela.

Sente a cabeça endurecida na nuca, os movimetos tão difíceis. Os dedos dos pés são qualquer coisa gelada, impessoal. E os maxilares presos, cerrados. Vai até a pia, enche as mãos de água, bebe avidamente e ela se balança dentro dele como num frasco vazio. Molha a testa e respira desafogado.

Da janela enxerga a rua clara e movimentada. Guris brincam de botão à porta da Confeitaria Mascote, um carro buzina junto ao botequim. As mulheres, de sacola na mão, suadas, vêm da feira. Pedaços de nabos e alfaces se misturam à poeira da rua estreita. E o sol, puro e cruel, espalhado por cima de tudo.

Afasta-se com desgosto. Volta para dentro, olha a cama desfeita, tão familiar após a noite insone... A Virgem-Mãe agora se destaca, nítida e dominadora, sob a luz do dia. Com as sombras, ela também um vulto, é mais fácil descrer. Vai andando devagar, arrastando as pernas moles, levanta os lençóis, bate no travesseiro e mete-se lá dentro, com um suspiro. Torna-se tão humilde diante da rua viva e do sol indiferente... Na sua cama, no seu quarto, os olhos fechados, ele é rei.

Encolhe-se profundamente, como se lá fora chovesse, chovesse, e aqui uns braços silenciosos e mornos atraíssem-no e o transformassem num menino pequeno, pequeno e morto. Morto. Ah, é o delírio... É o delírio. Uma luz muito doce se espalha sobre a Terra como um perfume. A lua dilui-se lentamente e um sol-menino espreguiça os braços translúcidos... Frescos murmúrios de águas puras que se abandonam aos declives. Um par de asas dança na atmosfera rosada. Silêncio, meus amigos. O dia vai nascer.

Um queixume longínquo vem subindo do corpo da Terra... Há um pássaro que foge, como sempre. E ela, arquejante, rompe-se de súbito com estrondo, numa ferida larga... Larga como o Oceano Atlântico e não como um rio louco! Vomita borbotões de barro a cada grito.

Então o sol apruma o tronco e surge inteiro, poderoso, sangrento. Silêncio, amigos. Meus grandes e nobres amigos, ides assistir a uma luta milenar. Silêncio. S-s-s-s...

Da Terra rasgada e negra, surgem um a um, leves como o sopro de uma criança adormecida, pequenos seres de luz pura, mal pousando no solo os pés transparentes... Cores lilases flutuam no espaço como borboletas. Delgadas flautas erguem-se para o céu e melodias frágeis rebentam no ar como bolhas. As róseas formas continuam a brotar da terra ferida.

De repente, novo rugido. A Terra está tendo filhos? As formas dissolvem-se no ar, assustadas. Corolas murcham e as cores escurecem. E a Terra, os braços contraídos de dor, abre-se em novas fendas negras. Um forte cheiro de barro machucado arrasta-se em densa fumaça.

Um século de silêncio. E as luzes reaparecem tímidas, ainda trêmulas. Das grutas resfolegantes e sangrentas nascem outros seres, ininterruptamente. O sol esgarça as nuvens e respinga morno brilho. As flautas desfiam cantos agudos como suaves gargalhadas e as criaturas ensaiam uma dança levíssima... Sobre as feridas escuras pululam flores miúdas e cheirosas...

A Terra continuamente exaurida murcha, murcha em dobras e rugas de carne morta. A alegria dos nascidos está no auge e o ar é puro som. E a Terra envelhece rápida... Novas cores emergem dos rasgões profundos. O globo gira agora lentamente, lentamente, cansado. Morrendo. Um pequeno ser de luz nasce ainda, como um suspiro. E a Terra se some.

Seus filhos se assustam... interrompem as melodias e as danças ligeiras... Esbatem no ar as asas finas num zumbido confuso.

Um momento ainda brilham. Depois desfalecem exaustos e em cega linha reta afundam vertiginosamente no Espaço...

A vitória de quem foi? Ergue-se um homem pequenino, da última fila. Diz, a voz em eco, estranhamente perdida:

– Eu posso informar quem ganhou.

Todos gritam, subitamente furiosos.

– A galeria não se manifesta! A galeria não se manifesta!

O homenzinho intimida-se, porém continua:

– Mas eu sei! Eu sei: a vitória foi da Terra. Foi a sua vingança, foi a vingança...

Todos choram. "Foi a vingança" aproxima-se, aproxima-se, agiganta-se perto de todos os ouvidos até que, enorme, rebenta em raivoso fragor. E no silêncio brusco, o espaço é subitamente cinzento e morto.

Abre os olhos. A primeira coisa que vê é um pedaço de madeira branca. Olhando para adiante enxerga novas tábuas, todas iguais. E no meio de tudo, pendente, um esquisito animal que brilha, brilha e enfia as unhas compridas e cintilantes pelas suas pupilas, até atingir a nuca. É verdade que se abaixar as pálpebras, a aranha recolhe as unhas e reduz-se a uma nódoa vermelha e móvel. Mas é uma questão de honra. Quem deve se retirar é o monstro. Grita e aponta:

– Saia! Você é de ouro, mas saia!

A moça morena, de vestido claro, levanta-se e diz:

– Coitadinho. A luz está incomodando.

Torce o comutador. Ele se sente humilhado, profundamente humilhado. Então? Seria tão fácil explicar que era uma lâmpada... Só para feri-lo. Volta a cabeça para a parede e começa a chorar. A moça morena dá um gritinho:

– Mas não faça isso, meu bem!

Passa a mão pela sua testa, alisa-a devagar. Mão fresca, pequena, que vai deixando atrás de si um pedaço onde não fica mais pensamento. Tudo seria bom se as portas não batessem tanto. Ele diz:

– A Terra murchou, moça, murchou. Eu nem sabia que dentro dela tinha tanta luz...

– Mas eu já apaguei... Veja se dorme.

– Você apagou? – procura enxergá-la através do escuro. – Não, ela apagou-se por si mesma. Agora eu só queria saber isto: se ela pudesse ter escolhido, negar-se-ia a criar, somente para não morrer?

– Coitado... Você está mas é com muita febre. Se dormisse na certa melhorava.

– Depois ela se vingou. Porque os seres criados sentiam-se tão superiores, tão livres que imaginaram poder passar sem ela. Ela sempre se vinga.

A moça morena agora mistura seus dedos com os seus cabelos úmidos, revolve-lhe as ideias com movimentos suaves. Ele pega-lhe no braço, desfia seus dedos por aqueles dedos finos. A palma é macia. Junto da unha um pouco áspero. Encosta a boca no seu dorso e vai passando-a por todos os caminhos, minuciosamente, os olhos muitos abertos na escuridão. A mão procura fugir. Ele a retém. Ela fica. O pulso. Fino e tenro, faz tic-tic-tic. É uma pombinha que ele aprisionou. A pombinha está assustada e seu coração faz tic-tic-tic.

– Este é um momento? Pergunta em voz bem alta. Não, já não é mais. E este? Já agora também não. Só se tem o momento que vem. O presente já é passado. Estire os cadáveres dos momentos mortos em cima da cama. Cubra-os com um lençol alvo, ponha-os num caixão de menino. Eles morreram crianças ainda, sem pecado. Eu quero momentos adultos!... Moça, aproxime-se, eu quero lhe confiar um segredo: moça, que é que eu faço? Me ajude, que minha terra está murchando... Depois o que vai ser de minha luz?

O quarto está tão escuro. Onde a Virgem-Mãe que a tia meteu-lhe na mala, antes da partida? Onde está? Sente a princípio alguma coisa movendo-se junto dele. Então na sua boca enxuta dois lábios frescos pousam de leve, depois com mais firmeza. Agora seus olhos já não queimam. Agora suas têmporas deixam de latejar porque duas borboletas úmidas pairam sobre elas. Voam em seguida.

Ele se sente bem, com muito, muito sono...

– Moça...

Adormece.

Está agora no terraço do quarto de D. Marta, o que dá para o grande quintal. Levaram-no para lá, sentaram-no sobre uma espreguiçadeira de vime, um cobertor enrolado nos pés. Apesar de ter sido carregado como um bebê, cansou-se. Pensa que mesmo um incêndio não o faria levantar-se agora. D. Marta enxuga as mãos no avental.

– Então, seu moço, como vai de pernas? A pensão é minha, faço gosto em que o senhor more aqui. Mas, negócio de lado, eu lhe aconselharia a voltar para o Norte. Só a família mesmo pregaria o senhor do descanso, com hora certa de dormir e de comer... O doutor não gostou quando eu contei que o senhor ficava de luz acesa até de madrugada, lendo, escrevendo... Não é só por causa da eletricidade, mas, Deus nos valha, isso não é vida de gente...

Ele mal presta atenção. Não pode pensar muito, a cabeça fica oca de repente. Os olhos se afundam, cansados.

D. Marta pisca um olho.

– Minha afilhada veio fazer outra visitinha...

A moça entra. Ele olha-a. Ela se confunde, cora. Que houve, então? Ele sente nas mãos o toque de uma pele meio áspera. Na testa... Nos lábios... Olha-a com fixidez. Que aconteceu? Seu coração se acelera, pulsa com força. A moça sorri. Ficam calados e sentem-se bem.

Sua presença foi como uma suave sacudidela. Já agora a melancolia o abandona e, mais leve, tem prazer em se estirar sobre a cadeira. Estende as pernas, afasta o cobertor. Não faz mais frio e a cabeça não está tão vazia. É verdade que há também a fadiga que o prende ao assento, molemente, na mesma posição. Mas a ela abandona-se volutuosamente, observando com benevolência aquele seu desejo confuso de respirar muito, bem forte, de se descobrir ao sol, de pegar na mão da moça.

Há tanto tempo não se enxerga, nada se concede... É jovem, afinal, é jovem... Sorri, de pura alegria, quase infantil. Qualquer coisa suave brota do peito em ondas concêntricas e espalha-se por todo o corpo como vagas musicais. E o bom cansaço... Sorri para a moça, olha-a reconhecido, deseja-a levemente. Por que não? Uma aventura, sim... D. Marta tem razão. E seu corpo também reclama direitos...

— Você me fez antes alguma visita? — arrisca.

Ela diz que sim. Compreendem-se. Sorriem.

Ele respira mais profundamente, contente consigo mesmo. Pergunta animado:

— Você se lembra quando o homenzinho da última fila ergueu-se e disse: "Eu sei... e..."

Para assustado. O que está dizendo? Frases loucas que lhe escaparam, sem raízes... Então? Os dois ficam sérios. Ela, agora retraída, diz polidamente, com frieza:

— Não se assuste. O senhor teve muita febre, delirou... É natural que não se lembre do delírio... nem de nada mais.

Ele a encara desapontado.

— Ah, o delírio. Você desculpe, no fim a gente não sabe o que aconteceu mesmo e o que foi mentira...

Ela agora é uma estranha. Fracasso. Olha-a de trás, observa seu perfil vulgar, delicado.

Mas aquela moleza no corpo... O calor.

— Pois eu me lembro de tudo — diz de repente, resolvido a tentar a aventura de qualquer modo.

Ela se perturba, enrubesce de novo.

— Como...?

— Sim — diz mais calmo e subitamente quase com indiferença. — Lembro-me de tudo.

Ela sorri. Mal sabe, pensa ele, quanto significa-lhe este sorriso: uma ajuda para que ele entre por um caminho mais cômodo, em que se permita mais... D. Marta talvez tenha razão e, com a suavidade da convalescença, concorda com ela. Sim, pensa um pouco relutante, ser mais humano, despreocupar-se, viver. Corresponde ao olhar da moça.

No entanto, não experimenta alívio especial após a resolução de seguir uma vida mais fácil. Sente pelo contrário uma ligeira impaciência, uma vontade de se esgueirar como se o estivessem empurrando. Invoca um pensamento poderoso que o faça pousar sossegado sobre a ideia de se modificar: mais uma doença dessas e talvez fique inutilizado.

Continua porém inquieto, numa fadiga prévia pelo que se seguirá. Procura a paisagem, insatisfeito subitamente, sem saber por quê. O terraço sombreia-se. Onde está o sol? Tudo escureceu, faz frio. Há um momento em que sente a escuridão mesmo dentro de si, um vago desejo de se diluir, de desaparecer. Não deseja pensar, não pode pensar. Sobretudo, nada resolver por enquanto – adia, covarde. Ainda está doente.

O terraço dá para o arvoredo compacto. Na meia-luz, as árvores se balançam e gemem como velhinhas conformadas. Ah, ele se aprofundará na cadeira infinitamente, suas pernas se desmancharão, nada restará dele...

O sol reaparece. Sai de trás da nuvem vagarosamente e surge inteiro, poderoso, sangrento... Respinga brilho sobre o bosquezinho. E agora seu sussurro é o canto suavíssimo de uma flauta transparente, erguida para o céu...

Endireita-se sobre a cadeira, um pouco surpreendido, deslumbrado. Pensamentos alvoroçados se entrecruzam de repente em sua cabeça... Sim, por que não? Mesmo o fato de a moça morena... Todo o delírio surge-lhe ante os olhos? Como um quadro... Sim, sim... Anima-se. Mas que material poético encerra... "A Terra está tendo filhos." E a dança dos seres sobre as feridas abertas? O calor volta-lhe ao corpo em leves ondas.

– Faça-me um favor – diz avidamente –, chame D. Marta... Ela vem.

– Quer-me trazer um caderno que está em cima de minha mesa? E um lápis também...

– Mas... O senhor agora não pode trabalhar... Mal se levantou da cama... Está magro, pálido, parece que chuparam todo o sangue de dentro...

Ele para, de súbito pensativo. E principalmente se ela soubesse que esforço lhe custava escrever... Quando começava, todas as suas fibras eriçavam-se, irritadas e magníficas. E enquanto não cobria o papel com suas letras nervosas, enquanto não sentia que elas eram o seu prolongamento, não cessava, esgotando-se até o fim... "A Terra, os braços contraídos de dor..." Sim, sua cabeça já está dolorida, pesada. Mas poderia conter sua luz, para poupar-se?

Sorri um sorriso triste, um nada orgulhoso talvez, pedindo desculpas a D. Marta. À moça, pela aventura frustrada. A si mesmo, sobretudo.

– Não, a Terra não pode escolher – conclui ambiguamente. Mas depois se vinga.

D. Marta balança a cabeça. Vai buscar lápis e papel.

Julho 1940

A FUGA

omeçou a ficar escuro e ela teve medo. A chuva caía sem tréguas e as calçadas brilhavam úmidas à luz das lâmpadas. Passavam pessoas de guarda-chuva, impermeável, muito apressadas, os rostos cansados. Os automóveis deslizavam pelo asfalto molhado e uma ou outra buzina tocava maciamente.

Quis sentar-se num banco do jardim, porque na verdade não sentia a chuva e não se importava com o frio. Só mesmo um pouco de medo, porque ainda não resolvera o caminho a tomar. O banco seria um ponto de repouso. Mas os transeuntes olhavam-na com estranheza e ela prosseguia na marcha.

Estava cansada. Pensava sempre: "Mas que é que vai acontecer agora?" Se ficasse andando. Não era solução. Voltar para casa? Não. Receava que alguma força a empurrasse para o ponto de partida. Tonta como estava, fechou os olhos e imaginou um grande turbilhão saindo do "Lar

Elvira", aspirando-a violentamente e recolocando-a junto da janela, o livro na mão, recompondo a cena diária. Assustou-se. Esperou um momento em que ninguém passava para dizer com toda a força: "Você não voltará." Apaziguou-se.

Agora que decidira ir embora tudo renascia. Se não estivesse tão confusa, gostaria infinitamente do que pensara ao cabo de duas horas: "Bem, as coisas ainda existem." Sim, simplesmente extraordinária a descoberta. Há doze anos era casada e três horas de liberdade restituíam-na quase inteira a si mesma: – primeira coisa a fazer era ver se as coisas ainda existiam. Se representasse num palco essa mesma tragédia, se apalparia, beliscaria para saber-se desperta. O que tinha menos vontade de fazer, porém, era de representar.

Não havia, porém, somente alegria e alívio dentro dela. Também um pouco de medo e doze anos.

Atravessou o passeio e encostou-se à murada, para olhar o mar. A chuva continuava. Ela tomara o ônibus na Tijuca e saltara na Glória. Já andara para além do Morro da Viúva.

O mar revolvia-se forte e, quando as ondas quebravam junto às pedras, a espuma salgada salpicava-a toda. Ficou um momento pensando se aquele trecho seria fundo, porque tornava-se impossível adivinhar: as águas escuras, sombrias, tanto poderiam estar a centímetros da areia quanto esconder o infinito. Resolveu tentar de novo aquela brincadeira, agora que estava livre. Bastava olhar demoradamente para dentro d'água e pensar que aquele mundo não tinha fim. Era como se estivesse se afogando e nunca encontrasse o fundo do mar com os pés. Uma angústia pesada. Mas por que a procurava então?

A história de não encontrar o fundo do mar era antiga, vinha desde pequena. No capítulo da força da gravidade, na escola primária, inventara um homem com uma doença engraçada. Com ele a força da gravidade não pegava... Então ele caía para fora da terra, e ficava caindo sempre, porque ela não sabia lhe dar um destino. Caía onde? Depois resolvia: continuava caindo, caindo e se acostumava, chegava a comer caindo, dormir caindo, viver caindo, até morrer. E continuaria caindo? Mas nesse momento a recordação do homem não a angustiava e, pelo contrário, trazia-lhe um sabor de liberdade há doze anos não sentido. Porque seu marido tinha uma propriedade singular: bastava sua presença para que os menores movimentos de seu pensamento ficassem tolhidos. A princípio, isso lhe trouxera certa tranquilidade, pois costumava cansar-se pensando em coisas inúteis, apesar de divertidas.

Agora a chuva parou. Só está frio e muito bom. Não voltarei para casa. Ah, sim, isso é infinitamente consolador. Ele ficará surpreso? Sim, doze anos pesam como quilos de chumbo. Os dias se derretem, fundem-se e formam um só bloco, uma grande âncora. E a pessoa está perdida. Seu olhar adquire um jeito de poço fundo. Água escura e silenciosa. Seus gestos tornam-se brancos e ela só tem um medo na vida: que alguma coisa venha transformá-la. Vive atrás de uma janela, olhando pelos vidros a estação das chuvas cobrir a do sol, depois tornar o verão e ainda as chuvas de novo. Os desejos são fantasmas que se diluem mal se acende a lâmpada do bom senso. Por que é que os maridos são o bom senso? O seu é particularmente sólido, bom e nunca erra. Das pessoas que só usam uma marca de lápis e dizem de cor o que está escrito na sola dos sapatos. Você pode perguntar-lhe sem receio qual o horário dos trens, o jornal de maior circulação e mesmo em que região do globo os macacos se reproduzem com maior rapidez.

Ela ri. Agora pode rir... Eu comia caindo, dormia caindo, vivia caindo. Vou procurar um lugar onde pôr os pés...

Achou tão engraçado esse pensamento que se inclinou sobre o muro e pôs-se a rir. Um homem gordo parou a certa distância, olhando-a. Que é que eu faço? Talvez chegar perto e dizer: "Meu filho, está chovendo." Não. "Meu filho, eu era uma mulher casada e sou agora uma mulher." Pôs-se a caminhar e esqueceu o homem gordo.

Abre a boca e sente o ar fresco inundá-la. Por que esperou tanto tempo por essa renovação? Só hoje, depois de doze séculos. Saíra do chuveiro frio, vestira uma roupa leve, apanhara um livro. Mas hoje era diferente de todas as tardes dos dias de todos os anos. Fazia calor e ela sufocava. Abriu todas as janelas e as portas. Mas não: o ar ali estava, imóvel, sério, pesado. Nenhuma viração e o céu baixo, as nuvens escuras, densas.

Como foi que aquilo aconteceu? A princípio apenas o mal-estar e o calor. Depois qualquer coisa dentro dela começou a crescer. De repente, em movimentos pesados, minuciosos, puxou a roupa do corpo, estraçalhou-a, rasgou-a em longas tiras. O ar fechava-se em torno dela, apertava-a. Então um forte estrondo abalou a casa. Quase ao mesmo tempo, caíam grossos pingos d'água, mornos e espaçados.

Ficou imóvel no meio do quarto, ofegante. A chuva aumentava. Ouvia seu tamborilar no zinco do quintal e o grito da criada recolhendo a roupa. Agora era como um dilúvio. Um vento fresco circulava pela casa, alisava seu rosto quente. Ficou mais calma, então. Vestiu-se, juntou todo o dinheiro que havia em casa e foi embora.

Agora está com fome. Há doze anos não sente fome. Entrará num restaurante. O pão é fresco, a sopa é quente. Pedirá café, um café cheiroso e forte. Ah, como tudo é lindo e tem encanto. O quarto do hotel tem um ar estrangeiro, o travesseiro é macio, perfumada a roupa limpa. E quando o escuro dominar o aposento, uma lua enorme surgirá, depois dessa chuva, uma lua fresca e serena. E ela dormirá coberta de luar...

Amanhecerá. Terá a manhã livre para comprar o necessário para a viagem, porque o navio parte às duas horas da tarde. O mar está quieto, quase sem ondas. O céu de um azul violento, gritante. O navio se afasta rapidamente... E em breve o silêncio. As águas cantam no casco, com suavidade, cadência... Em torno, as gaivotas esvoaçam, brancas espumas fugidas do mar. Sim, tudo isso!

Mas ela não tem suficiente dinheiro para viajar. As passagens são tão caras. E toda aquela chuva que apanhou, deixou-lhe um frio agudo por dentro. Bem que pode ir a um hotel. Isso é verdade. Mas os hotéis do Rio não são próprios para uma senhora desacompanhada, salvo os de primeira classe. E nestes pode talvez encontrar algum conhecido do marido, o que certamente lhe prejudicará os negócios.

Oh, tudo isso é mentira. Qual a verdade? Doze anos pesam como quilos de chumbo e os dias se fecham em torno do corpo da gente e apertam cada vez mais. Volto para casa. Não posso ter raiva de mim, porque estou cansada. E mesmo tudo está acontecendo, eu nada estou provocando. São doze anos.

Entra em casa. É tarde e seu marido está lendo na cama. Diz-lhe que Rosinha esteve doente. Não recebeu seu recado avisando que só voltaria de noite? Não, diz ele.

Toma um copo de leite quente porque não tem fome. Veste um pijama de flanela azul, de pintinhas brancas, muito macio mesmo. Pede ao marido que apague a luz. Ele beija-a no rosto e diz que o acorde às sete horas em ponto. Ela promete, ele torce o comutador.

Dentre as árvores, sobe uma luz grande e pura.

Fica de olhos abertos durante algum tempo. Depois enxuga as lágrimas com o lençol, fecha os olhos e ajeita-se na cama. Sente o luar cobri-la vagarosamente.

Dentro do silêncio da noite, o navio se afasta cada vez mais.

Rio 1940

MAIS DOIS BÊBEDOS

Surpreendi-me. Não é que abusava de minha boa vontade? Por que mantinha ele um ar de tão denso mistério? Podia contar seus segredos sem receio de qualquer julgamento. Meu estado de embriaguez me inclinava especialmente à benevolência e além disso, afinal, ele não passava de um estranho qualquer... Por que não falava ele de sua vida com a objetividade com que pedira o copo de chopp ao garçom?

Recusava-me a conceder-lhe o direito de ter uma alma própria, cheia de preconceitos e de amor por si mesmo. Um destroço daqueles, com a inteligência suficiente para saber que era um destroço, não deveria ter claros e escuros, como eu, que podia contar minha vida desde o tempo em que meus avós ainda não se conheciam. Eu possuía o direito de ter pudor e de não me revelar. Era consciente, sabia que ria, que sofria, lera obras sobre o budismo, fariam um epitáfio sobre meu túmulo quando morresse. E embebedava-me não puramente, mas com um objetivo: Eu era alguém.

Mas aquele homem que jamais sairia de seu estreito círculo, nem bastante feio, nem bastante bonito, o queixo fugitivo, tão importante como um cão trotando – que pretendia com seu arrogante silêncio? Não o interrogara várias vezes? Ele me ofendia. Mais um instante, não suportaria sua insolência, fazendo-lhe ver que deveria agradecer minha aproximação, porque do contrário nunca eu saberia de sua existência. No entanto, ele persistia em seu mutismo, sem sequer emocionar-se com a oportunidade de viver.

Naquela noite, eu já bebera bastante. Andava de bar em bar, até que, excessivamente feliz, temi ultrapassar-me: estava por demais ajustado em mim mesmo. Procurei um meio de me derramar um pouco, antes que transbordasse inteiramente.

Liguei o telefone e esperei, mal respirando de impaciência:

– Alô, Ema!

– Oh, meu bem, a essa hora!

Desliguei. Era mentira? O tom era verdadeiro, a energia, a beleza, o amor, aquela ânsia de dar meu excesso eram verdadeiros. Só era mentira a frase imaginada tão sem esforço.

No entanto não estava contente ainda. Ema tinha vaga ideia de que eu era diferente e debitava nessa conta tudo que de estranho eu pudesse fazer. De tal modo me aceitava, que eu ficava só quando estávamos juntos. E naquele momento evitava precisamente a solidão que seria uma bebida forte demais.

Andei pelas ruas, pensando: escolherei alguém que nunca tenha imaginado me merecer.

Procurei um homem ou uma mulher. Mas ninguém me agradava particularmente. Todos pareciam bastar-se, rodar dentro de seus próprios pensamentos. Ninguém precisava de mim.

Até que o vi. Igual a todos. Mas tão igual a todos que formavam um tipo. Este, resolvi, este.

E... ei-lo! Embriagado à custa de meu dinheiro e... silencioso, como se nada me devesse...

Movíamo-nos lentamente, as raras palavras – vagas, soltas, sob a luz fraca do botequim que prolongava os rostos em sombras. Ao redor de nós, algumas pessoas jogavam, bebiam, conversavam, em um tom mais forte. O torpor amolecia, sem cintilações. Talvez por isso ele custasse tanto a falar. Mas alguma coisa dizia-me que ele não estava tão embriagado e que silenciava simplesmente por não reconhecer minha superioridade.

Eu bebia devagar, os cotovelos sobre a mesa, perscrutando-o. Quanto ao outro – abandonara-se na cadeira, os pés estirados, atingindo os meus, os braços largados sobre a mesa.

– Então? – disse eu impaciente.

Ele pareceu despertar, olhou para os lados e retomou:

– Então... então... nada.

– Mas o senhor estava falando sobre seu filho!...

Ele olhou-me um instante. Depois sorriu:

– Ah, sim. Pois é, ele está mal.

– Que é que ele tem?

– Angina, o farmacêutico disse angina.

– Com quem está o menino?

– Junto da mãe.

– E o senhor não fica junto dela?

– Pra quê?

– Meu Deus... Pelo menos para sofrer com ela... O senhor é casado com a moça?

– Não, não sou casado não.

– Que desgraça! – disse eu, embora sem saber em que consistia ela propriamente. – Precisamos fazer alguma coisa. Imagine se o filho morre, ela fica sozinha...

Ele não se emocionava.

– Imagine-a de olhos ardentes, junto da criança. A criança estertorando, morrendo. Morre. Sua cabecinha está torta, os olhos abertos, fixos na parede, obstinadamente. Tudo está em silêncio e a moça não sabe o que fazer. O menino morreu e ela de repente ficou desocupada. Cai sobre a cama, chorando, rasgando a roupa: "Meu filho, meu pobre filho! É a morte, é a morte!" Os ratos da casa se assustam e começam a correr pelo quarto. Sobem pelo rosto de seu filho, ainda quente, roem sua boquinha. A mulher dá um grito e desmaia, durante duas horas. Os ratos também visitam o seu corpo, alegres, rápidos, os dentinhos roendo aqui e ali.

Estava tão imerso na descrição que me esquecera do homem. Olhei-o de repente e surpreendi sua boca aberta, o queixo encostado no peito, ouvindo.

Sorri triunfante.

– Ela acorda do desmaio e nem sabe onde está. Olha de um lado para outro, levanta-se e os ratos fogem. Então surpreende o menino morto. Dessa vez não chora. Senta-se numa cadeira, junto da caminha e ali fica sem pensar, sem se mover. Os vizinhos estranhando a falta de notícias, batem à sua porta. Ela atende a todos muito delicadamente e diz: "Ele está melhor." Os vizinhos entram e veem que ele morreu. Temem que ela ainda não saiba e preparam o choque, dizendo: "Quem sabe se é bom chamar o farmacêutico?" Ela responde: "Pra quê? pois se ele morreu." Então todos ficam tristes e tentam chorar. Dizem: "É preciso cuidar do enterro." Ela responde: "Pra quê? pois se ele já morreu." Dizem: "Vamos chamar um padre." Ela responde: "Pra quê? pois se ele já morreu." Os vizinhos se assustam e pensam que ela está louca. Não sabem o que fazer. E como não têm nada com a história, vão dormir. Ou talvez seja assim: o menino morra e ela seja como o senhor, lisa de sentimentos, e não ligue muito. Praticamente de ataraxia, sem o saber. Ou o senhor não sabe o que é ataraxia?

A cabeça deitada sobre os braços, ele não se movia. Por um instante, assustei-me. E se estivesse morto? Sacudi-o com força e ele ergueu a cabeça, mal conseguindo fitar-me com os olhos sonolentos. Adormecera. Olhei-o zangado.

– Ah, então...

– O quê? – Tirou um palito do paliteiro e meteu-o na boca, devagar, completamente bêbedo.

Rompi numa gargalhada.

– O senhor está louco? Pois se não comeu nada!...

A cena me pareceu tão cômica que me torci de rir. As lágrimas já me chegavam aos olhos e escorriam pelo rosto. Algumas pessoas voltaram a cabeça para meu lado. Já não tinha mais vontade de rir e no entanto continuava. Já pensava em outra coisa e no entanto ria sem parar. Estaquei de súbito.

– O senhor está brincando comigo? Pensa que vou abandoná-lo, assim, pacificamente? Deixá-lo continuar um caminho fácil, mesmo depois de ter se chocado comigo? Ah, nunca. Se for preciso, farei confissões. Contarei tanta coisa... Mas talvez o senhor não compreenda: somos diferentes. Sofro, em mim os sentimentos estão solidificados, diferenciados, já nascem com rótulo, conscientes de si mesmos. Quanto ao senhor... Uma nebulosa de homem. Talvez seu bisneto já consiga sofrer mais... Isso não importa, porém: quanto mais difícil a tarefa, mais atraente, como disse Ema antes de nosso noivado. Por isso vou jogar meu anzol dentro do senhor. Talvez ele se ligue ao germe do seu bisneto sofredor. Quem sabe?

– É – disse ele.

Debrucei-me sobre a mesa, procurando-o com fúria:

– Escute-me, amigo, a lua está alta no céu. Você não tem medo? O desamparo que vem da natureza. Esse luar, pense bem, esse luar mais branco que o rosto de um morto, tão distante e silencioso, esse luar assistiu aos gritos dos primeiros monstros sobre a terra, velou sobre as águas apaziguadas dos dilúvios e das enchentes, iluminou séculos de noites e apagou-se em seculares madrugadas... Pense, meu amigo, esse luar será o mesmo espectro tranquilo quando não mais existirem as marcas dos netos dos seus bisnetos. Humilhe-se diante dele. Você apareceu um instante e ele é sempre. Não sofre, amigo? Eu... eu por mim não suporto. Dói-me aqui, no centro do coração, ter que morrer um dia e, milhares de séculos depois, indiferenciado em húmus, sem olhos para o resto da eternidade, eu, EU, sem olhos para o resto da eternidade... e a lua indiferente e triunfante, mãos pálidas estendidas sobre novos homens, novas coisas, outros seres. E eu Morto! – respirei profundamente. – Pense, amigo. Agora mesmo ela está sobre o cemitério também. O cemitério, lá onde dormem todos os que foram e nunca mais serão. Lá, onde o menor sussurro arrepia um vivo de terror e onde a tranquilidade das estrelas amordaça nossos gritos e estarrece nossos olhos. Lá, onde não se tem lágrimas nem pensamentos que exprimam a profunda miséria de acabar.

Debrucei-me sobre a mesa, escondi o rosto nas mãos e chorei. Dizia baixinho:

– Não quero morrer! Não quero morrer...

Ele, o homem, mexia com o palito nos dentes.

– Mas se o senhor nada comeu – insisti, enxugando os olhos.

– O quê?

– "O quê" o quê?

– Hein?

– Mas, meu Deus, "hein" o quê?

– Ah...

– O senhor não tem vergonha?

– Eu?

– Ouça, vou dizer mais: eu queria morrer vivo, descendo ao meu próprio túmulo e eu mesmo fechá-lo, com uma pancada seca. E depois enlouquecer de dor na escuridão da terra. Mas não a inconsciência.

Ele continuava com o palito na boca.

Depois foi muito bom porque o vinho estava misturando-se. Peguei também um palito e segurei-o entre os dedos como se fosse fumá-lo.

– Eu fazia assim em pequeno. E o prazer era maior do que o atual, quando fumo realmente.

– É claro.

– É claro coisa alguma... Não estou pedindo aprovação.

As palavras vagas, as frases arrastadas sem significado... Tão bom, tão suave... Ou era o sono?

De repente, ele tirou o palito da boca, os olhos piscando, os lábios trêmulos como se fosse chorar, disse:

Dezembro 1941

SEGUNDA PARTE

UM DIA A MENOS

u desconfio que a morte vem. Morte?
Será que uma vez os tão longos dias terminem?

Assim devaneio calma, quieta. Será que a morte é um blefe? Um truque da vida? É perseguição?

E assim é.

O dia começara às quatro da manhã, sempre acordara cedo, já encontrando na pequena copa a garrafa térmica cheia de café. Tomou uma xícara morna e lá ia deixá-la para Augusta lavar, quando se lembrou de que a velha Augusta pedira licença por um mês para ver seu filho.

Teve preguiça do longo dia que se seguiria: nenhum compromisso, nenhum dever, nem alegrias nem tristezas. Sentou-se, pois, com o robe de chambre mais velho, já que nunca esperava visitas. Mas estar tão malvestida – roupa ainda da falecida mãe – não lhe agradava. Levantou-se e vestiu um pijama de sedinha de bolas azuis e brancas que Augusta lhe dera no seu último aniversário. Isso realmente melhorava. E melhorou ainda mais quando sentou na poltrona recém-forrada de roxo (gosto de Augusta) e acendeu o seu primeiro cigarro do dia. Era um cigarro de marca cara, desse fumo louro, cigarrilha estreita e comprida, qualidade social de uma pessoa que não era por acaso ela. Aliás, por mero acaso, não era muitas coisas. E por mero acaso havia nascido.

E depois?

Depois.

Depois.

Pois então.

Assim mesmo.

Não é?

Então, pois então revelou-se subitamente: então pois então é assim mesmo. Augusta lhe contara que havia melhoria depois. Assim mesmo havia já chegado de assim era.

Lembrou-se do jornal de assinatura à sua porta de entrada. Lá foi meio animada, nunca se sabe o que se vai ler, se o ministro da Indochina vai se matar ou o amante ameaçado pelo pai da noiva termina se casando.

Mas lá não estava o jornal: o diabrete do vizinho inimigo já deveria ter carregado com ele. Era uma luta constante a de ver quem chegava primeiro ao jornal que, no entanto, tinha claramente impresso seu nome: Margarida Flores. Além do endereço. Sempre que distraidamente via seu nome escrito lembrava-se de seu apelido na escola primária: Margarida Flores de Enterro. Por que alguém não se lembrava de apelidá-la de Margarida Flores do Jardim? É que as coisas simplesmente não eram do seu lado. Pensou uma bobagem: até sua pequena cara era de lado. Em esquina. Nem pensava se era bonita ou feia. Ela era óbvia.

Depois.

Depois não tinha problemas de dinheiro.

Depois havia o telefone. Telefonaria para alguém? Mas sempre que telefonava tinha a impressão nítida de que estava sendo importuna. Por exemplo, interrompendo um abraço sexual. Ou então era importuna por falta de assunto.

E se alguém lhe telefonasse? Iria ter que conter o trêmulo da voz alegre por alguém enfim chamá-la. Supôs o seguinte:

– Trim-trim-trim.

– Alô? Sim?

– É Margarida Flores de Jardim?

Diante da voz masculina tão macia, responderia:

– Margarida Flores de Bosques Floridos!

E a cantante voz a convidaria para tomarem chá de tarde na Confeitaria Colombo. Lembrou-se a tempo de que hoje em dia um homem não convidava para tomar chá com torradas e sim para um drinque. O que já complicaria as coisas: para um drinque se deveria ir na certa vestida de modo mais audacioso, mais misterioso, mais pessoal, mais... Ela não era muito pessoal. E que incomodava um pouco, não muito.

E, além do mais, o telefone não tocou.

Depois. Era o que via quando se via ao espelho. Raramente se via ao espelho, como se já conhecesse muito. E ela comia muito. Era gorda, e sua gordura extremamente pálida e flácida.

Depois resolveu arrumar a gaveta das calcinhas e sutiãs: ela era exatamente do tipo que arrumava gavetas de calcinhas e sutiãs, sentia-se bem na delicada tarefa. E se fosse casada, o marido teria em perfeita ordem a fileira das gravatas, segundo a gradação de cor, ou segundo... Segundo qualquer coisa. Pois sempre há alguma coisa pela qual se guiar e arrumar. Quanto a ela mesma, ela se guiava pelo fato de não ser casada, de ter a mesma empregada desde que nascera, de ser uma mulher de trinta anos de idade, pouco batom, roupa pálida... e que mais? Evitou depressa "o que mais" pois a essa pergunta cairia num sentimento muito egoísta e ingrato: sentir-se-ia só, o que era pecado porque quem tem Deus nunca está só. Tinha Deus, pois não era a única coisa que tinha? Fora Augusta.

Então foi tomar um banho que lhe deu tanto prazer que não se pôde impedir de pensar como seriam outros prazeres corpóreos. Ser virgem aos trinta anos, não tinha jeito, a menos que fosse violentada por um marginal. Acabados o banho e os pensamentos, talco, talco, muito talco. E quantos e quantos desodorantes: duvidava que alguém no Rio de Janeiro cheirasse menos que ela. Talvez fosse a mais inodora das criaturas. E do banheiro saiu a modo de dizer em leve minueto.

Depois.

Depois viu com grande satisfação, no relógio da cozinha, que já eram onze horas da manhã... Como o tempo passara depressa desde quatro da madrugada. Que dádiva o tempo passar. Enquanto esquentava a galinha esbranquiçada e pelenta do jantar, ligou o rádio e pegou um homem no meio de um pensamento: "flauta e viola"... disse o homem e de repente ela não aguentou e desligou o rádio. Como se "flauta e viola" fossem na realidade o seu secreto, ambicionado e inalcançável modo de ser. Teve coragem e disse baixinho: flauta e viola.

Desligado o rádio e sobretudo o pensamento, os quartos caíram num silêncio: como se alguém em alguma parte acabasse de morrer e... Mas felizmente havia o barulho da frigideira esquentando os pedaços de galinha que, quem sabe, ganhariam alguma cor e sabor. Pôs-se a comer. Mas logo percebeu seu erro: tendo tirado a galinha da geladeira e só a esquentado um pouco, havia trechos em que a gordura era gelatinosa e fria, e outros em que era queimada e esturricada.

Sim.

E a sobremesa? Requentou um pouco do café da manhã e temperou-o com amarga sacarina para jamais engordar. Seu orgulho seria ser quase mirradinha.

Depois.

Lembrou-se a troco de nada que havia milhões de pessoas com fome, na sua terra e nas outras terras. Iria sentir um mal-estar todas as vezes em que comesse.

Depois.

Depois! Como havia esquecido a televisão? Ah, sem Augusta ela esquecia-se de tudo. Ligou-a toda esperançosa. Mas a essa hora só dava filmes antigos de faroeste entremeadíssimos com anúncios sobre cebolas, modess, groselhas que deveriam ser boas mas engordativas. Ficou olhando. Resolveu acender um cigarro. Isso melhoraria tudo pois faria dela um quadro numa exposição: Mulher Fumando Diante da Televisão. Só depois de muito tempo percebeu que nem sequer olhava a televisão e só fazia mesmo era gastar eletricidade. Torceu o botão com alívio.

Depois.

Depois?

Depois resolveu ler revistas velhas, há muito tempo que não o fazia. Estavam amontoadas no quarto da mãe, desde a sua morte. Mas eram um pouco antigas demais, algumas do tempo de solteira da mãe, as modas eram outras, os homens todos tinham bigode, anúncio de cinta para afinar cintura. E sobretudo todos os homens usavam bigodes. Fechou-se, de novo sem coragem de jogá-las fora já que haviam pertencido à sua mãe.

Depois.

Sim e depois?

Depois foi ferver água para tomar um chá, enquanto ela não esquecia que o telefone não tocava. Se ao menos tivesse colegas de trabalho, mas não tinha trabalho: a pensão do pai e da mãe supria suas poucas necessidades. Além do que não tinha letra bonita e achava que sem ter letra bonita não aceitavam candidatos.

Tomou o chá fervendo, mastigando pequenas torradas secas que arranhavam as gengivas. Melhorariam com um pouco de manteiga. Mas, é claro, manteiga engordava, além de aumentar o colesterol, o que quer que significasse essa palavra moderna.

Quando ia partindo com os dentes a terceira torrada – ela costumava contar as coisas, por uma espécie de mania de ordem, afinal inócua e até divertida –, quando ia comer a terceira torrada...

ACONTECEU! Juro, se disse ela, juro que ouvi o telefone tocar. Cuspiu na toalha o pedaço da terceira torrada e, para não dar a entender que era uma precipitada ou uma necessitada, deixou-o tocar quatro vezes, e cada vez era uma dor aguda no coração pois poderiam desligar pensando que não havia ninguém em casa! A esse pensamento terrificante precipitou-se de súbito nessa mesma quarta chamada e conseguiu dizer com voz bem negligente:

– Alô...

– Por obséquio – disse a voz feminina que devia ter mais de oitenta anos a julgar pela rouquidão arrastada – por favor, pode chamar ao aparelho (ninguém dizia mais "aparelho") para mim a Flávia? Meu nome é Constança.

– Madame Constança, sinto lhe informar que nesta casa não vive ninguém com o nome de Flávia, sei que Flávia é um nome muito romântico, mas é que não tem aqui nenhuma, que é que eu posso fazer? – disse com certo desespero por causa da voz de comando de Madame Constança.

– Mas essa não é a rua General Isidro?

Isso piorou a questão.

– É, sim, mas que número de telefone pediu? O quê? O meu? Mas lhe asseguro que moro aqui há exatamente trinta anos, quando nasci, e nunca houve nesta casa nenhuma jovem chamada Flávia!

– Jovem, coisa alguma, Flávia é um ano mais velha que eu e se esconde a idade isso é problema dela!

– Talvez não esconda a idade, quem sabe, Madame Constança.

– Que esconde, lá isso esconde, mas pelo menos faça-me o favor de lhe dizer que atenda logo o aparelho e já!

– Eu... eu... eu estava tentando lhe dizer que nossa família foi a primeira e única moradora desta casinha e lhe afianço, juro por Deus, que nunca morou aqui nenhuma senhora Flávia, e não estou dizendo que a senhora Flávia não existe, mas aqui, minha senhora, aqui – não e-x-i-s-t-e...

– Deixe de ser grosseira, sua sirigaita! Aliás como é o seu nome?

– Margarida Flores do Jardim.

– Por quê? Há flores no jardim?

– Ah, ah, ah, a senhora tem bom humor! Não, não há flores no jardim mas é que meu nome é florido.

– E isso adianta alguma coisa?

Silêncio.

– Adianta ou não adianta, enfim?

– É que não sei responder porque nunca tinha antes pensado nisso. Só sei responder coisas que já pensei.

– Então faça uma forcinha e mentalize o nome de Flávia e verá que saberá responder.

– Estou mentalizando, estou mentalizando... Ah, encontrei! O nome de minha empregada de criação é Augusta!

– Mas, criatura de Deus, estou perdendo a paciência, não é de empregada de criação que quero, é Flá-vi-a!

– Não quero parecer grosseira, mas minha mãe sempre disse que as pessoas insistentes são mal-educadas, desculpe!

– Mal-educada? Eu? Criada em Paris e Londres? Você ao menos sabe francês ou inglês, só para praticarmos um pouco?

– Só falo a língua do Brasil, minha senhora, e creio que é tempo da senhora desligar porque a essa hora meu chá deve estar gelado.

– Chá às três horas da tarde? Bem se vê que você não tem a mínima classe, e eu a pensar que você pudesse ter estudado na Inglaterra e que soubesse pelo menos a que horas se toma chá!

– O chá é porque eu não tinha o que fazer... Madame Constança. E agora eu lhe imploro em nome de Deus que não me torture mais, imploro de joelhos que desligue o telefone para eu acabar de tomar meu chá brasileiro.

– É, mas não precisa choramingar por isso, Dona Flores, minha única e pura intenção era falar com Flávia para convidá-la para um joguinho de bridge. Ah! Tive uma ideia! Já que Flávia saiu, por que é que você não vem à minha casa para umas carteadas a dinheiro baixo? Hein? Que acha? Não se sente tentada? E que acha de distrair uma senhora já de certa idade?

– Meu Deus, não sei jogar jogo nenhum.

– Mas como não!?

– É isso mesmo. É como não.

– E a que se deve essa falha na sua educação?

– Meu pai era estrito: na sua casa não entravam vícios de baralho.

– Seu pai, sua mãe e Augusta eram muito antiquados, se me permite dizer e acho que...

– Não! Não lhe permito dizer! E quem vai desligar o telefone sou eu mesma, com licença de sua madame.

Enxugando os olhos, sentiu-se por um instante aliviada e teve uma ideia tão nova que nem parecia dela: parecia demoníaca como as ideias da madame... Era tirar o telefone do gancho para que, se a Madame Constança fosse constante como o seu nome, não tornasse a ligar para chamar a desgraçada Flávia. Assoou o nariz. Ah, se não tivesse bons costumes, o que não diria à tal da Constança! Até já estava arrependida do que não lhe dissera por ter bons costumes.

Sim. O chá estava gelado.

E com gosto acentuado de sacarina. A terceira torradinha cuspida na toalha da mesa. A tarde estragada. Ou o dia estragado? Ou a vida estragada? Nunca se detivera para pensar se era ou não feliz. Então, em vez de chá, comeu uma banana um pouco ácida.

Depois.

Depois. Depois eram quatro horas.

Depois cinco.

Seis.

Sete: hora do jantar!

Gostaria de comer outra coisa e não a galinha de ontem mas aprendera a não desperdiçar comida. Comeu uma coxa ressequida com torradinhas. Para falar a verdade, não tinha fome. Só às vezes se animava com Augusta porque falavam, falavam e comiam, ah, comiam fora da dieta e nem engordavam! Mas Augusta ia se ausentar um mês. Um mês é uma vida.

Oito horas. Já podia se deitar. Escovou os dentes durante muito tempo, pensativa. Vestiu uma camisola rasgadinha de algodão meio puído, daqueles gostosos, ainda das feitas pela mãe. E entrou na cama, sob as cobertas.

De olhos abertos.

De olhos abertos.

De olhos abertos.

Foi então que pensou nos vidros de pílulas contra insônia que haviam pertencido à mãe. Lembrou-se de seu pai: cuidado, Leontina, com a dose, uma dose a mais pode ser fatal. Eu, respondia Leontina, não quero largar esta boa vida tão cedo, e só tomo duas pilulazinhas, o suficiente para ter um sono tranquilo e acordar toda rosada para meu maridinho.

Isso, pensou Margarida das Flores no Jardim, dormir um bom soninho e acordar rosada. Foi ao quarto de sua mãe, abriu uma gaveta do lado esquerdo da grande cama de casal – e realmente encontrou três vidros cheios de bolinhas. Ia tomar duas pílulas para amanhecer rosada. Não tinha nenhuma má intenção. Foi buscar a jarra e um copo. Abriu um dos vidros: tirou duas pequenas pílulas. Tinham gosto de mofo e açúcar. Não notava em si a menor má intenção. Mas ninguém no mundo saberá. E agora para sempre não se saberá julgar se foi por desequilíbrio ou enfim por um grande equilíbrio: copo após copo engoliu todas as pílulas dos três grandes vidros. Mas no segundo vidro pensou pela primeira vez na vida: "Eu." E não era um simples ensaio: era na verdade uma estreia. Toda ela enfim estreava. E antes mesmo que terminassem, já sentia uma coisa nas pernas, tão boa quanto nunca antes sentira. Ela nem sabia que era domingo. Não teve força para ir para o seu próprio quarto: deixou-se cair de través na cama onde a tinham gerado. Era um dia a menos. Vagamente pensou: se pelo menos Augusta tivesse deixado pronta uma torta de framboesa.

1977

A BELA E A FERA OU A FERIDA GRANDE DEMAIS

omeça:

Bem, então saiu do salão de beleza pelo elevador do Copacabana Palace Hotel. O chofer não estava lá. Olhou o relógio: eram quatro horas da tarde. E de repente lembrou-se: tinha dito a "seu" José para vir buscá-la às cinco, não calculando que não faria as unhas dos pés e das mãos, só massagem. Que devia fazer? Tomar um táxi? Mas tinha consigo uma nota de quinhentos cruzeiros e o homem do táxi não teria troco. Trouxera dinheiro porque o marido lhe dissera que nunca se deve andar sem nenhum dinheiro. Ocorreu-lhe voltar ao salão de beleza e pedir dinheiro. Mas – mas era uma tarde de maio e o ar fresco era uma flor aberta com o seu perfume. Assim achou que era maravilhoso e inusitado ficar de pé na rua – ao vento que mexia com os seus cabelos. Não se lembrava quando fora a última vez que estava sozinha consigo mesma. Talvez nunca. Sempre era ela – com outros, e nesses outros ela se refletia e os outros refletiam-se nela. Nada era – era puro, pensou sem se entender. Quando se viu no espelho – a pele trigueira pelos banhos de sol faziam ressaltar as flores douradas perto do rosto nos cabelos negros –, conteve-se para não exclamar um "ah"! – pois ela era cinquenta milhões de unidades de gente linda. Nunca houve – em todo o passado do mundo– alguém que fosse como ela. E depois, em três trilhões de trilhões de ano – não haveria uma moça exatamente como ela.

"Eu sou uma chama acesa! E rebrilho e rebrilho toda essa escuridão!"

Este momento era único – e ela teria durante a vida milhares de momentos únicos. Até suou frio na testa, por tanto lhe ser dado e por ela avidamente tomado.

"A beleza pode levar à espécie de loucura que é a paixão." Pensou: "estou casada, tenho três filhos, estou segura."

Ela tinha um nome a preservar: era Carla de Sousa e Santos. Eram importantes o "de" e o "e": marcavam classe e quatrocentos anos de carioca. Vivia nas manadas de mulheres e homens que, sim, que simplesmente "podiam". Podiam o quê? Ora, simplesmente podiam. E ainda por cima, viscosos pois que o "podia" deles era bem oleado nas máquinas que corriam sem barulho de metal ferrugento. Ela, que era uma potência. Uma geração de energia elétrica. Ela, que para descansar usava os vinhedos do seu sítio. Possuía tradições podres mas de pé. E como não havia nenhum novo critério para sustentar as vagas e grandes esperanças, a pesada tradição ainda vigorava. Tradição de quê? De nada, se se quisesse apurar. Tinha a seu favor apenas o fato de que os habitantes tinham uma longa linhagem atrás de si, o que, apesar de linhagem plebeia, bastava para lhes dar uma certa pose de dignidade.

Pensou assim, toda enovelada: "Ela que, sendo mulher, o que lhe parecia engraçado ser ou não ser, sabia que, se fosse homem, naturalmente seria banqueiro, coisa normal que acontece entre os 'dela', isto é, de sua classe social, à qual o marido, porém, alcançara por muito trabalho e que o classificava de 'self-made man' enquanto ela não era uma 'self-made woman'." No fim do longo pensamento, pareceu-lhe que – que não pensara em nada.

Um homem sem uma perna, agarrando-se numa muleta, parou diante dela e disse:

– Moça, me dá um dinheiro para eu comer?

"Socorro!!!" gritou-se para si mesma ao ver a enorme ferida na perna do homem. "Socorre-me, Deus" disse baixinho.

Estava exposta àquele homem. Estava completamente exposta. Se tivesse marcado com "seu" José na saída da Avenida Atlântica, o hotel onde ficava o cabeleireiro não permitiria que "essa gente" se aproximasse. Mas na Avenida Copacabana tudo era possível: pessoas de toda a espécie. Pelo menos de espécie diferente da dela. "Da dela?" "Que espécie de ela era para ser 'da dela'?"

Ela – os outros. Mas, mas a morte não nos separa, pensou de repente e seu rosto tomou o ar de uma máscara de beleza e não beleza de gente: sua cara por um momento se endureceu.

Pensamento do mendigo: "essa dona de cara pintada com estrelinhas douradas na testa, ou não me dá ou me dá muito pouco." Ocorreu-lhe então, um pouco cansado: "ou dará quase nada."

Ela estava espantada: como praticamente não andava na rua – era de carro de porta à porta – chegou a pensar: ele vai me matar? Estava atarantada e perguntou:

– Quanto é que se costuma dar?

– O que a pessoa pode dar e quer dar – respondeu o mendigo espantadíssimo.

Ela, que não pagava ao salão de beleza, o gerente deste mandava cada mês sua conta para a secretária de seu marido. "Marido." Ela pensou: o marido o que faria com o mendigo? Sabia que: nada. Eles não fazem nada. E ela – ela era "eles" também. Tudo o que pode dar? Podia dar o banco do marido, poderia lhe dar seu apartamento, sua casa de campo, suas joias...

Mas alguma coisa que era uma avareza de todo o mundo, perguntou:

– Quinhentos cruzeiros basta? É só o que eu tenho.

O mendigo olhou-a espantado.

– Está rindo de mim, moça?

– Eu?? Não estou não, eu tenho mesmo os quinhentos na bolsa...

Abriu-a, tirou a nota e estendeu-a humildemente ao homem, quase lhe pedindo desculpas.

O homem perplexo.

E depois rindo, mostrando as gengivas quase vazias:

– Olhe – disse ele –, ou a senhora é muito boa ou não está bem da cabeça... Mas, aceito, não vá dizer depois que a roubei, ninguém vai me acreditar. Era melhor me dar trocado.

– Eu não tenho trocado, só tenho essa nota de quinhentos.

O homem pareceu assustar-se, disse qualquer coisa quase incompreensível por causa da má dicção de poucos dentes.

Enquanto isso a cabeça dele pensava: comida, comida, comida boa, dinheiro, dinheiro.

A cabeça dela era cheia de festas, festas, festas. Festejando o quê? Festejando a ferida alheia? Uma coisa os unia: ambos tinham uma vocação por dinheiro. O mendigo gastava tudo o que tinha, enquanto o marido de Carla, banqueiro, colecionava dinheiro. O ganha-pão era a Bolsa de Valores, e inflação, e lucro. O ganha-pão do mendigo era a redonda ferida aberta. E ainda por cima, devia ter medo de ficar curado, adivinhou ela, porque, se ficasse bom, não teria o que comer, isso Carla sabia: "quem não tem bom emprego depois de certa idade..." Se fosse moço, poderia ser pintor de paredes. Como não era, investia na ferida grande em carne viva e purulenta. Não, a vida não era bonita.

Ela se encostou na parede e resolveu deliberadamente pensar. Era diferente porque não tinha o hábito e ela não sabia que pensamento era visão e compreensão e que ninguém podia se intimar assim: pense! Bem. Mas acontece que resolver era um obstáculo. Pôs-se então a olhar para dentro de si e realmente começaram a acontecer. Só que tinha os pensamentos mais tolos. Assim: esse mendigo sabe inglês? Esse mendigo já comeu caviar, bebendo champanhe? Eram pensamentos tolos porque claramente sabia que o mendigo não sabia inglês, nem experimentara caviar e champanhe. Mas não pôde se impedir de ver nascer em si mais um pensamento absurdo: ele já fez esportes de inverno na Suíça?

Desesperou-se então. Desesperou-se tanto que lhe veio o pensamento feito de duas palavras apenas: "Justiça Social."

Que morram todos os ricos! Seria a solução, pensou alegre. Mas – quem daria dinheiro aos pobres?

De repente – de repente tudo parou. Os ônibus pararam, os carros pararam, os relógios pararam, as pessoas na rua imobilizaram-se – só seu coração batia, e para quê?

Viu que não sabia gerir o mundo. Era uma incapaz, com os cabelos negros e unhas compridas e vermelhas. Ela era isso: como numa fotografia colorida fora de foco. Fazia todos os dias a lista do que precisava ou queria fazer no dia seguinte – era desse modo que se ligara ao tempo vazio. Simplesmente ela não tinha o que fazer. Faziam tudo por ela. Até mesmo os dois filhos – pois bem, fora o marido que determinara que teriam dois...

"Tem-se que fazer força para vencer na vida", dissera-lhe o avô morto. Seria ela, por acaso, "vencedora"? Se vencer fosse estar em plena tarde clara na rua, a cara lambuzada de maquilagem e lantejoulas douradas... Isso era vencer? Que paciência tinha que ter consigo mesma. Que paciência tinha que ter para salvar a sua própria pequena vida. Salvar de quê? Do julgamento? Mas quem julgava? Sentiu a boca inteiramente seca e a garganta em fogo – exatamente como quando tinha que se submeter a exames escolares. E não havia água! Sabe o que é isso – não haver água?

Quis pensar em outra coisa e esquecer o difícil momento presente. Então lembrou-se de frases de um livro póstumo de Eça de Queirós que havia estudado no ginásio: "O LAGO DE TIBERÍADE resplandeceu transparente, coberto de silêncio, mais azul que o céu, todo orlado de prados floridos, de densos vergéis, de rochas de pórfiro, e de alvos terrenos por entre os palmares, sob o voo das rolas."

Sabia de cor porque, quando adolescente, era muito sensível a palavras e porque desejava para si mesma o destino de resplendor do lago de TIBERÍADE.

Teve uma vontade inesperadamente assassina: a de matar todos os mendigos do mundo! Somente para que ela, depois da matança, pudesse usufruir em paz seu extraordinário bem-estar.

Não. O mundo não sussurrava.

O mundo gri-ta-va!!! pela boca desdentada desse homem.

A jovem senhora do banqueiro pensou que não ia suportar a falta de maciez que se lhe jogavam no rosto tão bem maquilado.

E a festa? Como diria na festa, quando dançasse, como diria ao parceiro que a teria entre seus braços... O seguinte: Olhe, o mendigo também tem sexo, disse que tinha onze filhos. Ele não vai a reuniões sociais, ele não sai nas colunas do Ibrahim, ou do Zózimo, ele tem fome de pão e não de bolos, ele na verdade só deveria comer mingau pois não tem dentes para mastigar carne... "Carne?" Lembrou-se vagamente que a cozinheira dissera que o "filet mignon" subira de preço. Sim. Como poderia ela dançar? Só se fosse uma dança doida e macabra de mendigos.

Não, ela não era mulher de ter chiliques e fricotes e ir desmaiar ou se sentir mal. Como algumas de suas "coleguinhas" de sociedade. Sorriu um pouco ao pensar em termos de "coleguinhas". Colegas em quê? Em se vestir bem? Em dar jantares para trinta, quarenta pessoas?

Ela mesma aproveitando o jardim no verão que se extinguia dera uma recepção para quantos convidados? Não, não queria pensar nisso, lembrou-se (por que sem o mesmo prazer?) das mesas espalhadas sobre a relva, luz de vela... "luz de vela"?, pensou, mas estou doida? Eu caí num esquema? Num esquema de gente rica?

"Antes de casar era de classe média, secretária do banqueiro com quem se casara e agora – agora luz de velas. Eu estou é brincando de viver, pensou, a vida não é isso."

"A beleza pode ser de uma grande ameaça." A extrema graça se confundiu com uma perplexidade e uma funda melancolia. "A beleza assusta." "Se eu não fosse tão bonita teria tido outro destino", pensou ajeitando as flores douradas sobre os negríssimos cabelos.

Ela uma vez vira uma amiga inteiramente de coração torcido e doído e doido de forte paixão. Então não quisera nunca a experimentar. Sempre tivera medo das coisas belas demais ou horríveis demais: é que não sabia em si como responder-lhes e se responderia se fosse igualmente bela ou igualmente horrível.

Estava assustada como quando vira o sorriso de Mona Lisa, ali, à sua mão no Louvre. Como se assustara com o homem da ferida ou com a ferida do homem.

Teve vontade de gritar para o mundo: "Eu não sou ruim! Sou um produto nem sei de quê, como saber dessa miséria de alma."

Para mudar de sentimento – pois que ela não os aguentava e já tinha vontade de, por desespero, dar um pontapé violento na ferida do mendigo –, para mudar de sentimentos pensou: este é o meu segundo casamento, isto é, o marido anterior estava vivo.

Agora entendia por que se casara da primeira vez e estava em leilão: Quem dá mais? Quem dá mais? Então está vendida. Sim, casara-se pela primeira vez com o homem que "dava mais", ela o aceitara porque ele era rico e era um pouco acima dela em nível social. Vendera-se. E o segundo marido? Seu casamento estava findando, ele com duas amantes... e ela tudo suportando porque um rompimento seria escandaloso: seu nome era por demais citado nas colunas sociais. E voltaria ela a seu nome de solteira? Até habituar-se ao seu nome de solteira, ia demorar muito. Aliás, pensou rindo de si mesma, aliás, ela aceitava este segundo porque ele lhe dava grande prestígio. Vendera-se às colunas sociais? Sim. Descobria isso agora. Se houvesse para ela um terceiro casamento – pois era bonita e rica –, se houvesse, com quem se casaria? Começou a rir um pouco histericamente porque pensara: o terceiro marido era o mendigo.

De repente perguntou ao mendigo:

– O senhor fala inglês?

O homem nem sequer sabia o que ela lhe perguntara. Mas, obrigado a responder pois a mulher já comprara-o com tanto dinheiro, saiu pela evasiva:

– Falo sim. Pois não estou falando agora mesmo com a senhora? Por quê? A senhora é surda? Então vou gritar: FALO.

Espantada pelos enormes gritos do homem, começou a suar frio. Tomava plena consciência de que até agora fingira que não havia os que passam fome, não falam nenhuma língua e que havia multidões anônimas mendigando para sobreviver. Ela soubera sim, mas desviara a cabeça e tampara os olhos. Todos, mas todos – sabem e fingem que não sabem. E mesmo que não fingissem iam ter um mal-estar. Como não teriam? Não, nem isso teriam.

Ela era...

Afinal de contas quem era ela?

Sem comentários, sobretudo porque a pergunta durou um átimo de segundo: pergunta e resposta não tinham sido pensamentos de cabeça, eram de corpo.

Eu sou o Diabo, pensou lembrando-se do que aprendera na infância. E o mendigo é Jesus. Mas – o que ele quer não é dinheiro, é amor, esse homem se perdeu da humanidade como eu também me perdi.

Quis forçar-se a entender o mundo e só conseguiu lembrar-se de fragmentos de frases ditas pelos amigos do marido: "essas usinas não serão suficientes." Que usinas, santo Deus? as do Ministro Galhardo? teria ele usinas? "A energia elétrica... hidrelétrica"?

E a magia essencial de viver – onde estava agora? Em que canto do mundo? no homem sentado na esquina?

A mola do mundo é dinheiro? fez-se ela a pergunta. Mas quis fingir que não era. Sentiu-se tão, tão rica que teve um mal-estar.

Pensamento do mendigo: "Essa mulher é doida ou roubou o dinheiro porque milionária ela não pode ser", milionária era para ele apenas uma palavra e mesmo se nessa mulher ele quisesse encarnar uma milionária não poderia porque: onde já se viu milionária ficar parada de pé na rua, gente? Então pensou: ela é daquelas vagabundas que cobram caro de cada freguês e com certeza está cumprindo alguma promessa?

Depois.

Depois.

Silêncio.

Mas de repente aquele pensamento gritado:

– Como é que eu nunca descobri que sou também uma mendiga? Nunca pedi esmola mas mendigo o amor de meu marido que tem duas amantes, mendigo pelo amor de Deus que me achem bonita, alegre e aceitável, e minha roupa de alma está maltrapilha...

"Há coisas que nos igualam", pensou procurando desesperadamente outro ponto de igualdade. Veio de repente a resposta: eram iguais porque haviam nascido e ambos morreriam. Eram, pois, irmãos.

Teve vontade de dizer: olhe, homem, eu também sou uma pobre coitada, a única diferença é que sou rica. Eu... pensou com ferocidade, eu estou perto de desmoralizar o dinheiro ameaçando o crédito do meu marido na praça. Estou prestes a, de um momento para outro, me sentar no fio da calçada. Nascer foi a minha pior desgraça. Tendo já pagado esse maldito acontecimento, sinto-me com direito a tudo.

Tinha medo. Mas de repente deu o grande pulo de sua vida: corajosamente sentou-se no chão.

"Vai ver que ela é comunista!" pensou meio a meio o mendigo. "E como comunista teria direito às suas joias, seus apartamentos, sua riqueza e até os seus perfumes."

Nunca mais seria a mesma pessoa. Não que jamais tivesse visto um mendigo. Mas – mesmo este era em hora errada, como levada de um empurrão e derramar por isso vinho tinto em branco vestido de renda. De repente sabia: esse mendigo era feito da mesma matéria que ela. Simplesmente isso. O "porquê" é que era diferente. No plano físico eles eram iguais. Quanto a ela, tinha uma cultura mediana, e ele não parecia saber de nada, nem quem era o Presidente do Brasil. Ela, porém, tinha uma capacidade aguda de compreender. Será que estivera até agora com a inteligência embutida? Mas se ela já há pouco, que estivera em contato com uma ferida que pedia dinheiro para comer – passou a só pensar em dinheiro? Dinheiro esse que sempre fora óbvio para ela. E a ferida, ela nunca a vira de tão perto...

– A senhora está se sentindo mal?

– Não estou mal... mas não estou bem, não sei...

Pensou: o corpo é uma coisa que estando doente a gente o carrega. O mendigo se carrega a si mesmo.

– Hoje no baile a senhora se recupera e tudo volta ao normal – disse José.

Realmente no baile ela reverdeceria seus elementos de atração e tudo voltaria ao normal.

Sentou-se no banco do carro refrigerado lançando antes hmeia. Parecia-lhe difícil despedir-se dele, ele era agora o "eu" alter ego, ele fazia parte para sempre de sua vida. Adeus. Estava sonhadora, distraída, de lábios entreabertos, como se houvesse à beira deles uma palavra. Por um motivo que ela não saberia explicar – ele era verdadeiramente ela mesma. E assim, quando o motorista ligou o rádio, ouviu que o bacalhau produzia nove mil óvulos por ano. Não soube deduzir nada com essa frase, ela que estava precisando de um destino. Lembrou-se de que em adolescente procurara um destino e escolhera cantar. Como parte de sua educação, facilmente lhe arranjaram um bom professor. Mas cantava mal, ela mesma o sabia e seu pai, amante de óperas, fingira não notar que ela cantava mal. Mas houve um momento em que ela começou a chorar. O professor perplexo perguntara-lhe o que tinha.

– É que, é que eu tenho medo de, de, de, de cantar bem...

Mas você canta muito mal, dissera-lhe o professor.

– Também tenho medo, tenho medo também de cantar muito, muito, muito mais mal ainda. Maaaaal mal demais! chorava ela e nunca teve mais nenhuma aula de canto. Essa história de procurar a arte para entender só lhe acontecera uma vez – depois mergulhara num esquecimento que só agora, aos trinta e cinco anos de idade, através da ferida, precisava ou cantar muito mal ou cantar muito bem – estava desnorteada. Há quanto tempo não ouvia a chamada música clássica porque esta poderia tirá-la do sono automático em que vivia. Eu – eu estou brincando de viver. No mês que vinha ia a New York e descobriu que essa ida era como uma nova mentira, como uma perplexidade. Ter uma ferida na perna – é uma realidade. E tudo na sua vida, desde quando havia nascido, tudo na sua vida fora macio como pulo de gato.

(No carro andando)

De repente pensou: nem me lembrei de perguntar o nome dele.

1977

POSFÁCIO
CARTA À JOVEM CLARICE

minha doce Clarice,
Espero que esteja no pleno gozo da juventude. Talvez você nem estranhe, graças à precoce intuição de bruxa, o recebimento desta missiva, enviada do futuro, do ano exato em que estamos comemorando o teu centenário de nascimento. O que pode achar esquisito é a troca indiscriminada dos pronomes. Perdoe-me a tolerância; na época em que vivo, há muito a língua falada invadiu os domínios da linguagem escrita, e é assim, misturando tudo – às vezes alhos com bugalhos –, que vamos tocando a vida. Quero me dirigir a você, na flor de seus 22 anos, porque sei que é mais ou menos nesta idade que os jovens escritores se dão conta das enormes dificuldades da vida literária. A falta de reconhecimento, de leitores, de remuneração, de perspectivas, tudo contribui para desestimular talentos promissores. Imagino que vez por outra você deve se sentir desolada, sem saber se terá futuro no caminho que

escolheu trilhar. Inteligente e arguta como é, você logo perceberá que o principal motivo desta carta é aplacar um pouco essa angústia.

Não se impressione com a incompreensão da crítica, a indiferença do público, a má vontade dos colegas com sua literatura de *sensações* – quero que saiba que, assim como as estrelas, o brilho de sua obra iluminará nosso mundo durante muito tempo, despertando paixões por todos os continentes, especialmente quando você não estiver mais entre nós. Quero que saiba, enfim, que a sua entrega e dedicação à literatura não será, de maneira alguma, em vão.

Como posso afirmar tudo isso? É que li os textos que você já escreveu, e aqueles que nem faz ideia de que irá escrever, e acompanho com alegria o crescente reconhecimento que teu nome conquista a cada volta que o mundo dá em torno do sol.

Sei que os tempos por aí estão muito difíceis, sobretudo para alguém como você – mulher, imigrante, judia, escritora –, obrigada a viver numa sociedade preconceituosa e atrasada em termos de moral e costumes, a trabalhar como secretária num escritório de advocacia e num laboratório, às voltas com traduções de textos científicos para revistas, tudo isso em meio ao avanço dos nazistas (que, neste ano de 1942, trouxeram a guerra da Europa para a costa nordestina brasileira, matando centenas de pessoas). Ainda por cima, você, que já era órfã de mãe, perdeu o pai faz tão pouco tempo...

No momento em que recebe esta carta, você mora no Rio de Janeiro, está cursando a faculdade de Direito e talvez já tenha superado a paixão impossível pelo escritor Lúcio Cardoso. Em breve, você se casará com um colega de faculdade, com quem partirá do Brasil, não sem antes publicar seu romance de estreia (sim, estou falando de *Perto do coração selvagem*, que você está terminando de escrever, ainda sob a poderosa influência e orientação de Lúcio). No exterior, você ouvirá ecos longínquos do retumbante sucesso deste romance, considerado tão bem escrito e maduro que muitos críticos, incrédulos diante do teu talento, atribuirão a escrita a um homem, como se mulheres fossem incapazes de criar uma obra tão densa e profunda. Mas chega de *spoilers* (vá se acostumando ao meu linguajar pós-moderno) – quero dedicar as próximas linhas apenas a uma pequena parte da obra que você deixará como legado: os primeiros contos, escritos na turbulência desses dias (não resisto a mais uma revelação: eles só foram publicados após a tua morte).

Primeiramente, preciso dizer que fiquei muito impressionado com a qualidade dos teus textos, muito superior a quase tudo que leio por aí. Também gosto dos teus romances, mas acho que a tua linguagem, densamente singular, entre a prosa e a poesia, resulta mais impactante e coesa no conto – para mim, o gênero mais difícil da literatura, por requerer do autor o equilíbrio perfeito entre maestria rítmica e imaginação narrativa. Dito isso, também surpreende a maturidade psicológica, bem amparada na elegância do fraseado e o cuidado entre forma e conteúdo. Quanta sabedoria pode caber na alma de uma escritora tão jovem?

Sei que você sempre escolheu suas leituras pelos títulos, e não pelos autores. Na adolescência, conheceu Hermann Hesse e misturava Dostoiévski aos romances para mocinhas. E, neste momento, mergulha na obra do filósofo Baruch de Espinosa e já adentra o cipoal de tormentas chamado Franz Kafka (no futuro vocês dois serão considerados os principais escritores judeus do século XX!).

Nessa galeria podemos incluir Marcel Proust. Mas tenho dúvidas de se a essa altura você já tem conhecimento da obra de Virginia Woolf e James Joyce, como tantos apregoam.

Bem, de modo geral – e até mesmo o leitor mais ligeiro da tua obra há de perceber –, teus contos abdicam daquilo que na literatura do século anterior, da qual você bebeu, era fundamental: a descrição de paisagens. Na época de Dostoiévski, Oscar Wilde ou Flaubert, a fotografia acabara de ser inventada, e as pessoas só tinham noção de como eram os lugares que não conheciam pessoalmente através de ilustrações ou relatos – falados ou escritos. Mas você é de um tempo em que já existe cinema e TV; para que gastar tintas com as coisas visíveis? Você enuncia esse conceito já no início do longo conto "Obsessão": "Mudamo-nos para uma casa próxima da cidade, num bairro cujo nome, juntamente com outros detalhes, posteriores, silenciarei."

Tive oportunidade de conhecer tuas futuras personagens. Todas elas refletem tuas preocupações, anseios, sonhos e desejos, como espelhos interiores de cada etapa da vida. Mas não creio, como muitas mulheres hoje afirmam, que tua obra seja feminista. Ainda ontem, numa reunião social, discutíamos se, a julgar pelos contos deste livro, poderíamos considerá-la uma protofeminista (nos dias que correm, o feminismo está por cima da carne-seca). S. estudou tua obra num clube de leitura e sentiu-se autorizada a comentar que todas as personagens dessas histórias almejam algum tipo de emancipação. Mas F. chamou atenção para o fato de que muitas das aspirações das tuas personagens são atreladas à figura masculina. Concordei, lembrando uma frase do livro que poderia estar em qualquer um dos contos: "Despertei simultaneamente mulher e humana." E prossegui: vocês têm razão até certo ponto, mas veremos que a dependência do homem para esse despertar é apenas um dos estágios da *travessia*; no passo seguinte, a personagem sempre busca a libertação total (menos, por óbvio, no conto "A fuga"). Estava pronto para forrar meus argumentos com mais uma citação, quando fui interrompido por uma mulher do tipo empoderada, dona da verdade, que pontuou terem sido estes contos escritos durante uma guerra mundial, logo, sendo guerra ("coisa de homens"), o viés feminista dos teus textos mereceria ainda mais relevo, por contraste. Logo, uma jovem estudante, cujo nome desconheço e que pouco participava da conversa, levantou a voz trêmula para afirmar, com a certeza absoluta dos ignorantes: como pode Clarice ser feminista se sempre viveu às custas dos maridos? Ora, a cretina ignora que um dos livros que influenciou você por toda a vida – *Felicidade e outros contos*, de Katherine Mansfield – foi comprado com o teu primeiro salário de jornalista? Não sabe o quanto você deu duro como redatora, cronista, repórter e tradutora para ganhar o sustento que a literatura não poderia garantir? Alguém retornou à discussão dos maridos – foram vários ou apenas um? S. abriu o celular para consultar no Google e tirar a dúvida (o Google é um oráculo da vida pós-moderna, e celular é um telefone portátil com mil outras funções, que a gente leva para onde quer que vá – você ficaria encantada com o avanço tecnológico do nosso tempo). J., que é professor de português na escola secundária, tentou mudar o rumo da prosa, criticando os altos salários dos jogadores de futebol na atualidade (pasme, alguns deles – bem poucos, é verdade – chegam a ganhar mais de 100 milhões de dólares por ano!). Mas era tarde, a reunião azedou de vez e terminou em bate-boca acalorado. Cada qual foi para casa com a cara fechada e as convicções intactas debaixo do braço. Não se considere "culpada por estragar a noite" – atualmente, a mais inocente discussão acaba em pancadaria, reflexo das frustrações coletivas derivadas das más escolhas políticas que fizemos nos últimos anos. Assim, desperdiçamos excelentes oportunidades de enxergar as outras cores da existência, presos que estamos num país em preto e branco.

Mas estou me perdendo em conjecturas fúteis, que em breve se perderão na poeira do tempo. Voltemos à tua obra.

Você é o encontro feliz da razão com a intuição. Elas se equilibram numa zona nova, repleta de sensações que, na tua escrita, ganham corpo atraente e forma concreta. Sem jamais apelar aos baixos instintos e às emoções baratas, tuas heroínas são um canto de louvor à rebeldia, ao inconformismo, à libertação dos sentidos: "Tudo lhe perdoo. Tudo perdoo aos que não sabem se prender, aos que se fazem perguntas." Em geral, são personagens movidas por paixões cegas, que sofrem de morbidez romântica e anseiam por respostas que as libertem do papel medíocre destinado ao gênero feminino na sociedade em que vivemos (em 1942 como em 2020). Talvez seja intencional – quem sabe para contornar qualquer deficiência técnica –, mas é possível que nem você tenha posto reparo na originalidade temática dos teus textos: neles, há um mergulho profundo no universo particular de mulheres aparentemente comuns (donas de casa, estudantes, funcionárias, empregadas domésticas). É como penetrar numa arena proibida onde se revelam as fraquezas e as belezas de um tipo até então quase invisível na literatura brasileira e universal. Hás de concordar com as ponderações de F. e reconhecer que na tua escrita, pelo menos nesta fase, colocas o homem noutro patamar – são seres dominantes, quase míticos, destinados a abrir as portas da percepção intelectual a suas parceiras. Em "Obsessão", por exemplo, a jovem ingênua e obediente, submetida ao regime dos bons costumes, da ignorância e do comodismo, tem os olhos abertos por um homem de inteligência muito acima da média, um rebelde que desafia o establishment e não segue regras ou convenções sociais: "Suas palavras realizavam sobre mim, sem me penetrar. No entanto, adivinhei, singularmente incomodada, elas escondiam uma harmonia própria que eu não conseguia captar."

A paixão por Daniel (um homem culto que sabemos ser inspirado em Lúcio Cardoso) é arrebatadora, mas não física. Tanto que a personagem não consegue lembrar o rosto do amado, "recompor a sua imagem". A paixão, na verdade, era adoração a alguém a quem humildemente considerava um ser superior, quase um deus: "Eu assim possuía apenas suas palavras, a lembrança de sua alma, tudo o que não era humano em Daniel." E, de fato, a personagem feminina é tão ingênua e despreparada que parece ter saído de um romance para mocinhas: "Daniel era o perigo. E para ele eu caminhava."

A inquietude da juventude, turbinada pelos neurônios em flor, a empurra de encontro ao perigo, com os olhos muito abertos de curiosidade, a ver o que existe além do fim do túnel: "E, sobretudo, pela primeira vez, eu, até então profundamente adormecida, vislumbrava as ideias." A travessia, a descoberta, a exploração dos contrastes, o fraseado elegante e nada piegas, a pulsão sexual por trás da narrativa, a profundidade das personagens – vários elementos neste conto nos remetem aos estilistas do século XIX. Assim como eles, você possui um conhecimento minucioso da alma humana: "Permitia-se um pouco de equilíbrio como uma trégua, mas que o tédio logo invadia. Até que, na vontade mórbida de novamente sofrer, adensava esse tédio, transformava-o em angústia."

"História interrompida" é uma pungente história de depressão e autodestruição, na qual nada, nem mesmo o amor, seria capaz de impedir o desfecho fatal. Para amenizar o impacto da dor em nós, leitores, você faz metalinguagem: "Mentalmente ouvi-o responder: – Isso é apenas uma tendência sentimental indefinível, misturada à literatura da moda, muito subjetivista. Daí essa confusão de sentimentos, que não tem verdadeiramente um conteúdo próprio, a não ser o seu estado psicológico, muito comum em moças solteiras da sua idade...". Diante de um tema tão pesado como o suicídio, você consegue nos fazer rir: "Oh, meu Deus, me perdoe, mas a culpa é do verão, a culpa é de ele ser tão bonito e moreno e eu tão loura!"

Em "Gertrudes pede um conselho", tua heroína, uma jovem de 17 anos, não consegue dormir porque "vive pensando coisas". Pensar parece ser o verbo proibido às mocinhas, mas não se pode evitar o tumulto de emoções represadas, o murmúrio de pensamentos perdidos. A personagem "ora sentia uma inquietação sem nome, ora uma calma exagerada e repentina". É ao mesmo tempo um grito de solidão, pois lá no fundo da alma há um silêncio imenso e inacessível: "O olhar das pessoas da casa. Um olhar simples, distraído, completamente alheio ao nobre fogo que ardia dentro dela."

Neste conto, há uma passagem aparentemente despretensiosa, mas de uma lucidez cegante: "Passaram duas mocinhas de uniforme de colégio, conversando e rindo alto. Olharam para Tuda com a animosidade que as pessoas sentem umas pelas outras e que os jovens ainda não disfarçam." Você, no verdor dos 20 anos, já sabia tudo da alma humana!

Como em vários dos teus contos, o que move Tuda é a falta, a carência – de liberdade, de independência, de autonomia, de amor, de compreensão. Daí o recolhimento interior, o isolamento social e a busca quase desesperada por uma saída: "Depois de ter vivido aquela tarde, não poderia continuar a mesma, estudando, indo ao cinema, passeando com as amiguinhas, simplesmente... Distanciara-se de todos, mesmo da antiga Tuda..." E então, a redenção: "Antes era daquelas que existem, que se movem, casam, têm filhos simplesmente. E d'agora em diante um dos elementos constantes de sua vida seria Tuda, consciente, vigilante, sempre presente..." Uma frase no final do conto nos dá a dimensão da descoberta: "Aos vinte anos seria uma mulher caminhando sobre a planície desconhecida... Uma mulher! O poder oculto desta palavra. Porque afinal, pensou, ela... ela existia!"

Em "O delírio", gosto sobretudo da atmosfera estranha e hipnótica, a poesia – tão feminina – do personagem masculino em estado febril: "Uma luz muito doce se espalha sobre a Terra como um perfume. A lua dilui-se lentamente e um sol-menino espreguiça os braços translúcidos... Frescos murmúrios de águas puras que se abandonam aos declives. Um par de asas dança na atmosfera rosada. Silêncio, meus amigos. O sol vai nascer." A engenhosa linguagem do homem que delira permite que você transfira a doença dele ao próprio planeta: "A Terra continuamente exaurida murcha, murcha em dobras e rugas de carne morta. A alegria dos nascidos está no auge e o ar é puro som. E a Terra envelhece rápida..." Podemos considerar que este conto foi influenciado pelos surrealistas?

"A fuga" conta a história de uma mulher casada há doze anos que "vive atrás de uma janela, olhando pelos vidros a estação das chuvas cobrir a do sol, depois tornar o verão e ainda as chuvas de novo". A personagem conversa com a narradora: "Por que é que os maridos são o bom senso? O seu é particularmente sólido, bom e nunca erra." Ela só tem "um medo na vida: que alguma coisa venha transformá-la". Mesmo assim, num dia de forte chuva precedida de excessivo calor, abandona tudo para fugir da opressão de um lar que, curiosamente, não é seguro: a mulher está em busca de chão, "um lugar onde pôr os pés". Numa complexa e sutil inversão de expectativas, você compara a âncora do casamento à falta de gravidade. Notável também é a construção dramática da narrativa, misturando o presente e o futuro imaginado ("Eu era uma mulher casada e sou agora uma mulher."), até que a personagem cai em si e percebe ser incapaz de vencer a dependência financeira do marido: "Doze anos pesam como quilos de chumbo e os dias se fecham em torno do corpo da gente e apertam cada vez mais. Volto para casa. Não posso ter raiva de mim, porque estou cansada." Aqui, outra lição de sabedoria: é preciso perdoar-se, é preciso seguir em frente, mesmo sobre as cinzas de um fracasso.

Em "Mais dois bêbedos" você experimenta um cenário pouco comum em seus textos: dois homens no bar, enchendo a cara. É um conto sobre a finitude da existência e a morte. Imagino o quanto você se divertiu escrevendo esse texto, inventando caraminholas na cabeça de um homem que se sente diminuído em sua própria grandeza masculina por não conseguir influenciar sequer um bêbado de boteco. O final abrupto é um achado: quando finalmente o segundo bêbado se digna a responder aos insistentes questionamentos do interlocutor, este – que também se encharcara de álcool – cai no sono. Como se diz por aqui, em círculos, você *lacrou*!

Você é dona do terreno onde pisa, tem domínio total das habilidades literárias, em suma: é uma *fingidora*, embora pareça ser pura emoção. Você engana com perfeição teus leitores – inclusive os homens, que são muitos no mundo todo! –, propondo um jogo de armar altamente sofisticado e atraente – na construção da atmosfera, na delineação das personagens, ao traduzir o indizível em nossas almas. De qualquer forma, é preciso muita coragem para atirar-se de olhos abertos no abismo, como você faz.

Um dia, quando os véus da ignorância e do preconceito caírem e o tempo curar a cegueira de críticos e leitores, você se tornará celebridade internacional, exaltada pelos meios intelectuais do mundo civilizado, considerada a maior escritora latino-americana do século XX, *influencer* involuntária das redes sociais. Em suma, será *tão famosa quanto o dinheiro*. Pode demorar um pouco, mas eu, missivista do futuro, garanto que acontecerá e será permanente. O que o tempo pode contra os livros, não é? Até lá – rogo mais uma vez – não duvide da sua arte. Você será grande, imensa, única.

Não pretendo tomar mais do seu tempo com uma carta tão longa (aliás, última revelação: no tempo em que eu vivo as pessoas não enviam mais cartas pelos Correios, enviam mensagens curtas e instantâneas pelo celular, ilustradas com figurinhas). Valho-me deste velho e ultrapassado hábito para levar até você estas palavras, douradas de afeto, amor e gratidão por tua obra. E me despeço fazendo um último apelo: daqui a alguns anos o mestre Manuel Bandeira terá a pachorra de criticar seus poemas – creio eu que num acesso de ciúmes e de inconsciente competição. Mas depois se arrependerá amargamente das críticas e será consumido pelo remorso. Menina, por favor, não dê ouvidos a ele, não rasgue seus poemas, não os queime! Assim nós, os do meu tempo, teremos o privilégio de conhecer e apreciar mais uma faceta do teu talento sem limites.

Com o carinho imenso deste que tanto te admira,

— CLAUFE RODRIGUES

Rio de Janeiro, 20 de janeiro de 2020